U0165821

當代
散文選讀 | 陳謙、向鴻全 編著

五南圖書出版公司 印行

編者序

　　散文是文類的基礎，創作的初步，自我觀照的練習曲。絕大部份作家都從散文這項文類出發，但一旦跨越了它，又幾乎忘記它的存在。文人圈在定位作家領域時經常會使用標籤，以彰顯該作家其作品的專長取向，這時你會聽到詩人、小說家、劇作家……，但單單很少或沒有「散文家」這個選項。

　　散文無法卓然成家？特別是現代散文，事實上這是學術上的偏頗，學院古墓派認為散文等於通俗文學，通俗並不符合學院「雅正」的要求……。其實在學院內現代散文研究早有成果，此不贅數，只是學閥主導者刻意忽視這項文學體式的貢獻與發展。但這是學術上的問題，期待有志研究者進一步深化探究。

　　回到文學閱讀與寫作來說，散文當然重要。西諺有云：詩是跳舞，散文是散步。我們在文字的處理上，不可能一直維持高張力的意象詩語言來鋪陳人生，更多實際的生活情境，散文是更加貼近自我的剖白，心靈劇場的小旅行。

　　而文學創作就是文化創意的活水源頭，它刺激你思考，它促使你創造，它是我們不斷前進的原始動力。本書為筆者繼現代詩、極短篇、劇本寫作之後專為大學莘莘學子及想要入手文學欣賞及創作專門構思的一本書，謝謝中原大學向鴻全教授鼎力相助共同編撰本書，在AI人工智慧紛紛取代人力的同時，唯有創意無法被其剝奪與取代，也祝福各位讀者在閱

讀中找到自己的價值，並且快樂寫作，以文字與你認識的世界，展開對話的人生。

陳謙

2019大暑，寫于國北教大文薈樓105研究室

目　錄

卷下　生活實際／自然之歌詠

卷上

鄉情╱懷人之追憶

山村明月

向陽

　　住到基隆暖暖來，轉眼已經有兩年又六個月的時光。暖暖這個所在，位於基隆市郊東南方，由基隆市地圖看來，它的西邊是七堵、東邊鄰接台北縣的瑞芳鎮、北面與基隆市仁愛區相接、南面則是以群山深林倚靠著平溪鄉。我住的社區，在暖暖暖西里水源地，水廠就在大門之前，環繞著水廠的山徑小路，使得這個社區形如小小山村。從台北來訪的朋友，開車下高速公路東北角海岸濱海公路交流道之後，一路右轉，緣溪行，就可直達我的住所。我喜歡這樣的住所，行政區域屬於省轄市的區，實質上則是不折不扣的山村。

　　會從台北搬來暖暖，純屬偶然。假日開車載妻小四處閒逛，跟著建築商的廣告進入了這個所在，一邊是高聳岩壁、一邊是清澈溪河的山徑，迎接著我們的到來，翠綠的樹木、清涼的山風，立刻吸引了我；儘管初來此地之際，工地都還沒開挖，屋價其實也與我的預算有相當差距，卻立即簽約下訂，成了這個社區建築商的第一個客戶。那是將近四年前的事了，如此浪漫而大膽的決定，把

我與家人從生活了十七年的台北市拋到這個叫做暖暖的山村來。

兩年半的山居生活，細想起來，有夢一樣的感覺。睡，總是睡在蟲鳴聲中，很少聽聞車馬喧聲；醒，也是醒在鳥語花香的吐息裡，沒有煙塵撲飛。山村人情味濃，走在路上，互相招呼；社區住戶雖然不多，但每家植花種樹，灑掃庭院，四時花開，人人笑顏以對。我家右前側，是詩人蕭蕭的居所，兩家相旁，站在客廳庭院就可聲氣互通；蕭蕭愛詩，尤憐花草，於是他精心栽植的園圃雜細，也都成爲我放眼可觀的美景。住在這樣的所在，有著山村的靜、人情的純、詩與多年老友的清淡可掬；住在這樣的遠離塵寰的所在，夫復何求？

我愛這樣的山村，猶不止於如此。我的家宅，正對群山，書房位於五樓，不開門也得見前方山巒起伏，九份、瑞芳、平溪，躲藏在群山之內。讀書既倦，推門而出，就見晴天碧樹，白雲悠遊。暖暖本來是凱達格蘭平埔族的舊居，原名「那那社」，十八世紀中葉，漢人沿基隆河由淡水來此開墾，當年河深水厚，舟楫船舶可入那那社靠泊，於是漢人漸多，暖暖於焉成名。由暖暖過群山，直通宜蘭花蓮的行旅也因而出現。我的書房正對著的，就是這一整群先人由西徂東的群山，從而我也就時時可以燃思古幽情，遁入遠芳侵古道的想像時空，渾忘現世瑣碎。

我更愛每逢陰曆月中，入夜後由前方群山之間冉冉升起的明月。明月之升，可以是「月出驚山鳥」，這是王維

在〈鳥鳴澗〉詩中鉤繪的景致；明月之亮，可以是「月光如水水如天」，這是趙嘏〈江樓感舊〉詩裡慨歎的心景。暖暖的明月，兩者皆得，月亮由東方的山中升起之後，倦鳥醒然歸巢，天心澄明，一輪明月，照亮暗鬱的群山，也照亮寂靜的山村，彷如水色的月光，清洗著路樹、山徑、小溪、屋舍、野地，清洗在五樓陽台上觀月的我的心。

這山村的明月，圓於天心，與疏星相對，不言不語，卻偷偷傳遞無窮清寂意味。月照山、月照河、月照農舍大埕、月照陽台小樓；月照窗、月照門、月照花間樹影、月照山徑中夜歸的人。這等畫面，曾在我童年的鹿谷山村存留，曾在我服役時的高雄小港、苗栗三灣、桃園虎頭山的山徑存留。這等山村明月，曾經照過不同人生旅途的我，洗過不同歲月的我的記憶，如今已入中年的我，在暖暖這個山村中，還能有緣得見明月懸中天，重拾舊歲舊月的澄輝，偷得遺世忘時的快慰，又復何求？

我的兩年半暖暖山居歲月，不管天境人境或心境，都如這皎然一輪明月。

 作者簡介

向陽，本名林淇瀁，台灣南投人，1955年生。文化大學新聞研究所碩士。政治大學新聞系博士。曾任《自立晚報》副刊主編、《自立晚報》、《自立早報》總編輯、《自立早報》總主筆、《自立晚報》副社

長兼總主筆，現任台北教育大學台文所教授。獲有吳濁流新詩獎、國家文藝獎、美國愛荷華大學榮譽作家、玉山文學獎文學貢獻獎、榮後台灣詩人獎等獎項。著有詩集《向陽詩選》、《向陽台語詩選》、《十行集》、《土地的歌》（台語）、《歲月》《四季》；散文集《安住亂世》、《日與月相推》、《跨世紀傾斜》、《暗中流動的符碼》、《流浪樹》、《在雨中航行》、《世界靜寂下來的時候》、《一個年輕爸爸的心事》等。

導讀

　　詩人向陽以詩名揚文壇，其散文寫作一直以來皆有詩質溫厚的醇度。小隱於郊的詩人向陽，透過俐落而明朗的筆觸描述暖暖山城的閒逸，恬淡自適的生活中多有明月來作伴，藉以洗滌凡塵世俗的掛礙。此文本原載於1998年，距今詩人已在暖暖常住20餘年，相信閒逸的環境跟隨遷入人口增多必有小小變動，但山居歲月必然仍時時：「傳遞無窮清寂意味」。不同人生的客途，容或有波折變化與悵觸，但家這個最後的堡壘，足以擔任起詩人最忠實的守護者。

穿過臭水四溢的夜市

郝譽翔

　　北投市場並不算大，但或許是年代久遠——據說從日治時代開始，新市街就聚集了上百個攤位，也或許是因為靠近昔日的屠宰場，他們利用市場旁的一條礦港溪，來清洗宰殺後的豬隻，所以在我的記憶中，北投市場彷彿一直瀰漫著濃重的腥味，黏稠又烏黑的泥水，流淌在密密麻麻的攤位之間。

　　不知從何時起，礦港溪就用水泥覆蓋起來，成了一條礦港路，路中央也成了一座小小的停車場，無人管理。大家都知道路底下是一條溪水，但卻故意把它忘掉，彷彿流過那兒的不是溫泉，而是排放市場殘渣的臭水溝，所以要掩起鼻子快步的走過。走過狹窄的礦港路後，就會看見市場的正對面有一間小小的瓦斯行，那裡就是李宗盛的家。

　　1989年，六四天安門事件，學運之火在海峽兩岸熊熊的燃燒，而那一年我二十歲，正在讀大二。年底，滾石集合旗下重要的歌手，推出《新樂園》專輯，英文的名稱是Peace Land，和平的樂土。在這張專輯中，李宗盛唱

起了〈阿宗三件事〉，他唱：「我是一個瓦斯行老闆之子，在還沒證明我有獨立賺錢的本事以前，我的父親要我在家裡幫忙送瓦斯，我必須利用生意清淡的午後，在社區的電線桿上綁上寫著電話的牌子，我必須扛著瓦斯，穿過臭水四溢的夜市，這樣的日子在我第一次上綜藝一百以後一年多才停止……」

　　我聽了不禁潸然落淚。沒錯，那確實是一座臭水四溢的夜市啊，然而我也是被那座市場餵養長大的。到了晚上，白天賣菜賣肉的攤販便搖身一變，燈火輝煌了起來，改賣宵夜、衣服和琳瑯滿目的小首飾。賣藥的班子就在磺港路停車場的空隙間，搭起了一座簡陋的舞台，我曾在那兒看過各式的雜耍和氣功表演，而成了我人生中最早的劇場經驗。有一回，還有人來展示雙頭蛇。那是一個又黑又瘦的男子，拿著一只長方形的小鐵籠，用布遮起來，神秘兮兮的說籠子裡有一條雙頭蛇。他說得天花亂墜，竟也把我給唬住了，足足站在那裡一整晚，看他賣藥，結果藥是全賣光了，但布卻始終只是掀起一小角，就又趕緊放下，籠子裡有黑影在不安的蠕動，但我到底是沒有瞧見，那一條雙頭蛇究竟長得什麼模樣？

　　夜深了，賣藥的男子不慌不忙收起小桌，熄滅燈光。晚風吹來，市集的人潮散去，只剩下一地的紙屑和空塑膠杯冷冷的飛舞。我盯著男人的背影和他手中的鐵籠，卻沒有勇氣追上前去，請他給我看一看雙頭蛇？只要一眼就好。但或許男子也是為了我好，因為讀過孫叔敖故

事的人都知道，看見雙頭蛇是不吉利的，會死的。

又有一天，瓦斯行門口停著一輛黑色大轎車。市場一帶從沒出現這麼豪華的車子，引起不小的騷動。果然是李宗盛回來了，正在和家人話別。那時的他早已是個大明星，我躲在騎樓遠遠的看他，好像做夢一樣。我看著他坐進駕駛座，駛著閃閃發亮的汽車，艱難地穿過臭水四溢的夜市，然後消失在好奇的人群之中。那時才二十歲的我，非常篤定自己一定會跟他一樣，離開這裡，走上一條北投之子大多會走的道路。然而我真的離開了嗎？在離鄉近二十年後，我卻忽然不那麼確定了起來。

作者簡介

郝譽翔，台灣大學中文博士，現任台北教育大學語文與創作學系教授。著有小說集《幽冥物語》、《那年夏天，最寧靜的海》、《初戀安妮》、《逆旅》、《洗》；散文集《一瞬之夢：我的中國紀行》《衣櫃裡的秘密旅行》；電影劇本《松鼠自殺事件》；學術論著《大虛構時代：當代台灣文學論》、《情慾世紀末——當代台灣女性小說論》、《儺：中國儀式劇場之研究》、《目連戲中庶民文化之研究》；編有《當代台灣文學教程：小說讀本》等。

導讀

郝譽翔是一位說故事的能手，小說人物經過她的筆下總能適得其分

地扮演自己，劇情的發展也像角色自己流暢自如地表現著。這篇散文吸引人的地方，就在於作者讓角色人物在這個臭水四溢的北投市場自己演了起來，不管是神祕的賣藥男子、走紅的李宗盛，甚至是作者自己。北投位居台北邊陲，一般人寫到北投總不能免俗地談到溫泉、山城或是女巫之鄉。那樣的介紹容易讓人了解北投的景觀風貌，但卻缺乏人文生命的軌跡，沒有人物的走動，舞台顯得空洞無趣。一個臭水四溢的市場卻成了生命流動的最佳場景：一個流行界歌手的發跡，寫出老北投成為一個遊子返鄉的生命原鄉；從外地來賣藥的男子，無形間讓北投市場成了孩提時代原始的劇場所在；作者雖然終究是離開了北投，一如大部分的北投之子，但是家鄉的鮮明記憶，不管是味覺上的臭水四溢或是視覺上的琳瑯滿目，都在她的生命終成為永不磨滅的記憶。

昭和菜

方梓

　　做為半輩子的農夫，父親有著非常典型的農夫性格，痛恨雜草和所有的蟲鳥，因為牠們都有害種作。也因為是農夫養成很務實的習性，凡是沒有用的樹花、寵物都不在種植和豢養的範圍；很會掉葉子卻果實不能吃或無用的樹不種，有刺的花必除，沒有老鼠後貓不養，不會看門的狗也不飼留。家裡庭院最後留下來的南洋杉，一棵麵包樹和一隻忠心的老狗。

　　中年轉行，父親休耕農三十多年，僅保留屋後一小塊地栽植自己吃的蔬菜。休耕的農地我和弟弟曾浪漫的要求父親栽種油菜花或小波斯菊，滿田黃色的油菜或多彩繽紛的波斯菊像極了歐洲的莊園，父親卻一口回絕，理由是，花卉會引來蝴蝶，接著是蛹，然後是毛毛蟲，父親絕不應允有毛毛蟲的田園，因此長年休耕的農地永遠種豆藤，豆藤的花不香引來的蝴蝶不多，密茂的豆藤完全除隔雜草生存的機會，而且半年後砍除的藤葉可做堆肥，農地永保肥沃。

　　後院種菜的園子，父親也做到除草務盡，野菜也絕無

立足之地；父親家裡世代務農，其實吃飯菜是無慮的，唯有年少遇空襲時從吉野疏開到豐田吃了近一年的野菜。不知是吃了一年的野菜讓父親不愛再吃食野菜，或是父親的心中野菜和雜草並無兩樣。若不是母親的堅持，黑鬼仔菜（龍葵）可以降火氣，父親連剛冒芽的龍葵都想連根拔掉。

　　這些年，我熱心於野菜，父親總是不解，他精心栽種的菜蔬，我一點都不稀罕，也從未想帶回台北，我卻穿梭在荒地尋找野菜，或流連黃昏市場原住民野菜區，然後帶一大皮箱的野菜回台北。

　　也許看我太於熱衷，父親邊叨念邊為我留下碩茂的龍葵，不准鄰居或友採摘，他總是說要留給每個月回來的女兒。母親也在精神上支持我瘋野菜，看著我像尋到寶似的將山茼蒿、野莧、紫背草一包包塞進皮箱，若有所感的說：「這些年山茼蒿很少見，不知怎麼菜園裡都長不起來。其實山茼蒿燙一下再炒蒜，不輸給茼蒿。」

　　父親生於昭和初年，和他那輩的人一樣，對日本有著難以割捨的感情，尤其冠上昭和的各種物件有莫名懷舊的心理，未必喜歡日本食物，去吃日本料理是不會拒絕；去旅遊日本是最佳首選，尤其年歲愈長，七十歲以後的父親懷念的盡是童稚及年少，還和小學同學組團去鹿兒島探望小學老師。唯獨對於昭和菜卻很難接受。

　　一日，我從野地掘一株開花的山茼蒿，央著父親讓我栽在菜園裡做種，父親一臉無奈：「種這野草做啥？會散

淡到四界攏是。」見我挖土埋山茼，父親搶過來：「汝未曉種，我來啦。」父親先鬆土，再深植，然後壓緊。要父親在菜園種一株野草，就像養一尾毒蛇，何況我是要做種，如果淡散一片，對父親而言豈不是養一窩毒蛇？

　　初冬雨多，一個月後，菜園裡果真冒出一片山茼蒿的幼苗，我摘了一大把，母親仍堅持川燙過再炒。午膳，父親夾了一箸又一箸：「這是啥菜，勿會歹吃。」素來不愛吃青菜的父親，會說不錯吃就是好吃。山茼蒿通過父親的考驗，可以光明正大在菜園生長了。

　　我問父親知不知道山茼蒿其他的別稱？父親說只知道叫昭和菜，我問他可知也叫飛機菜？據說在二次大戰末昭和年間，台灣物資先缺乏，尤其大家忙著疏開躲空襲，田地們荒棄，因此日軍於台灣上空灑入大量山茼蒿的種子，因為生命強韌，而且四季皆宜，不管是平地、荒野、山林都可生長，以也被稱為「昭和菜」及「飛機菜」；也是傳說，早年生活困苦，先民感謝上天賜予這種短期可生長的野菜，有人叫它「神仙草」。還有因不同族群不同地區而有不同的名稱：野茼蒿、飢荒草、救荒草、滿天飛、革命菜、野木耳菜、假茼蒿、神仙茶、冬風菜等等。

　　父親說，山茼蒿在他很小時便常見，也從未在二次戰末看到日本飛機在上空撒種籽。山茼蒿能被父親接納，且堂而皇之列入菜蔬行列，至於它有多少名稱都不重要了。後來，我更是得寸進尺，又栽了小葉藜、山芥菜，小

葉藜也爭氣長了一小片，只是野菜究竟野性，不會乖乖在菜股上生長，小葉藜和龍葵遇到了肥沃的菜園，努力的長，橫著擴建直的延伸，把「正規」的蔬菜全擋住了。父親可不容許「乞丐趕廟公」，農夫習性已深，父親還是見不得這些張狂的野菜，於是在我摘完嫩葉之後，索性拔除掉，幸好這些野菜夠強悍，隔些時日又冒出芽來，父親就像普羅米修斯，面對野菜拔了又長，長了又拔，我總搶在他未拔除前趕緊摘下。

　　相對於漢人對野菜只當成救荒菜，或是養生菜，原住民對野菜的感情和創意可是豐富多了。山茼蒿可說是原住民的主要菜類，味苦、回甘，還可以降血糖。泰阿美族人叫山茼蒿為「hikouk」，最常拿來當藥用，將搓揉葉子敷於傷口上，有止血的功，或煮湯茶飲用可以預防中暑。泰雅族則稱為「Yahoo」，除了煮湯，也有葉片酥炸、炒麻油加蛋，以及川燙後用熟高麗菜葉裹捲切斷，再淋上馬告汁。

　　山茼蒿有圓葉及鋸齒狀，鋸齒狀茼蒿也稱為裂葉茼蒿或南茼蒿，這些年鋸齒山茼蒿在台灣種植不少，市場、蔬果店及超市都有得賣，被馴化的野菜，成為一般菜蔬，日本對鋸齒山茼蒿又稱「春菊」，口感鮮美爽脆，適合炒食、火鍋或汆燙後冰鎮做成涼拌菜。

　　向來野菜很難列入美食的行列，能像薺菜那樣為文人歌頌的極少，但對原住民而言，野菜在其飲食文化是漢人難以體會的。就像父親認同昭和菜的名稱，卻未必能接受

他口中的「番仔菜」。父親輩長年來對原住民的心態，就像薩依德（Edward Said）在東方主義裡主張，浪漫神秘東方的再現，是西方那些無法包容於正常事物邊界裡的慾望和幻想的容器，在此時，東方阿拉伯殘酷、疏離和貪財特質的再現…。拉伯人被認為是騎駱駝、恐怖主義、鷹勾鼻、腐敗好色的人…。」就像Bernstein如此鄙薄澳洲原住民：「在我們視為自然、熟悉、自在的事物核心裡，實際上潛伏了相對於陌生、奇異與詭異他們的人口在減少中，但那是他們自己造成的，他們是無可救藥的文盲，沒有野心，也沒有追求成功的欲望，經過兩百年他們還是沒法子融入澳洲的社會。

早期澳洲人對原住民的看法：

> 我們曾試著教育他們，傳教士花了很多年，想改變他們的信仰。過去他們是食人族，到現他們還是不願意放棄傳統習俗和舊信仰。他們大多數選擇留在沙漠，過艱苦的生活…

澳洲人對原民住的態度：我會給你一些東，但你沒有任何東西需要的。

然而，根據瑪洛・摩根（Marlo Morgan）在《曠野的聲音》中實際與原住民相處後，了解他們是「存心善良的大自然主義」：

每天早晨，部落的人會向眼前的動植物，發出一個意念或訊息。他們會說：「我們正朝你們走來，我們是來向你們存在的目的致敬。」至於誰會被選中當人類的食物，則植物和動物自己去安排。

　　當一條蛇出現在我們的路途上，很顯然的牠的目的是為我們提供晚餐。

　　部落的人出門，從不攜帶口糧，他們不種五穀，也不參與收割的工作。他們漫走走在澳洲內陸熾熱的土地上，知道每天宇宙都會賜予他們豐富的食物。宇宙可從沒讓他們失望過。

　　對於原住民的大自然主義，白人或漢人是很難理解的；就如和父親一樣的許多漢人，習慣被馴化的蔬菜及家畜，也因長期被體制化，一旦勃越常規便感不安。幸好山茼蒿逐漸被很多漢人接受，它就像和平使者，川流在不同族群間，交融不同的飲食文化。

作者簡介

　　方梓，本名林麗貞，台灣花蓮人，文化大學大眾傳播系，國立東華大學創作與英文文學研究所碩士。曾任消基會《消費者報導》雜誌總編輯、文化總會企劃、《自由時報》自由副刊副主編、總統府專門委員，現為國立台北教育大學兼任講師。曾獲第一屆客家桐花文學獎短篇小說優等獎、第44屆吳濁流文學獎小說類正獎。著作有，散文《第四個房間》、《采采卷耳》、《野有蔓草》、《時間之門》；長篇小說《來去花蓮港》；兒童文學《大野狼阿公》、《要勇敢喔》等。

導讀

　　在方梓老師任教過的大學，從靜宜到北教大，如果你剛好巧遇：有人在路徑旁一棵樹下停歇，然後蹲下，用手撫弄著油綠或芳美的香草，而後獨自笑出聲來，那會是方梓老師，一位環顧周遭渺小微物且記錄所見聞的自然觀察者。俗名山茼蒿或飛機菜的昭和菜，有著極有故事為人道的戰時背景，也或許只是以訛傳訛的傳說，但在方梓老師筆下，也讓讀者做了一次心靈的巡禮，從國內到澳洲原住民，對於自然的崇敬與敬畏。當然更重要的事，方梓老師更進一步思索：父親與土地的聯結跟關係。

通訊錄

顧蕙倩

　　老師過世了。

　　最後一次見到老師是在一家速食店。老師在看報，一眼就認出老師，興奮的向老師問東問西，也留下電話，相約要辦同學會請老師參加，老師爲了師丈的健康一直深居簡出，能不能去，老師並沒有肯定答覆。

　　當天的同學會，颱風。同學會延期至今。終於沒有再見老師。

　　這幾天的日子過得特別疲憊，想起老師的離世，想起生命的流逝，走到「好天氣，從不爲誰停留」的會場，一切的一切，似乎又回到了第一次看到老師的慈愛眼光。

　　依稀記得老師總是安靜看著我們不安的十七青春，找我約談的她總是拉張椅子要我坐在身邊，時而當我的聽眾，時而點醒我的青春迷惘，從不曾大聲喝斥學生的她，喜歡買書送給努力進步的孩子，但卻一點也不記得她是否會喜歡和我們一樣的小說人物。當我們早已忘了不再提燈籠的元宵節時，她會認眞爲我們準備自製的元宵燈謎，將我們每一個人的名字當成謎底，讓我們搶著撕燈謎

拿獎品胡鬧一節國文課。

一幕幕年少回憶此時才漸漸映入眼簾。

同學們問起老師年齡，卻沒有一個人知道。因為老師的年齡一直是個最高機密嗎？

我們自嘲著。

記憶中的老師總是安靜的看著我們，總是默默的體會著我們，卻也總是嚴屬的要求我們，爾後我們插翅離巢，她依然繼續眷愛著每一隻出生的幼雛，當時的她，如果不是和我們年齡這麼接近，如何能理解青春的無解？如果，她沒有父母般的成熟經驗，又怎能如此包容我們的狂傲無禮呢？

終究沒有人能真正推算出老師的年紀。

老師的女兒在簡訊中告訴我老師在睡夢中安靜的離開這個世界。同學們終於相信了老師必然高壽的事實，老師一定是耄耋之年，才能如此毫無痛楚的離去吧。

老師的女兒翻找母親的手機，只看見兩個學生的電話號碼。還在夢裡的老師會不會繼續翻找著一本本畢業紀念冊的通訊錄？那是一個怎樣的夢境？當牆上的時鐘開始停止轉動，躺在分針和時針之間的老師會想起兩支電話號碼的學生嗎？會不會記得一張張被我們倉促撕下來的紅色燈謎，會不會知道，其實我們好想念她。

作者簡介

　　顧蕙倩，佛光大學文學系博士。曾任中央日報副刊編輯、國立師大附中教師、銘傳大學應用中文系教師、聯合報副刊專欄作家，國立台灣師範大學教師，現為專業作家。曾獲第51屆廣播金鐘獎「單元節目獎」、2016國藝會創作補助。著有詩集《傾斜/人間喜劇》、《時差》、《好天氣，從不為誰停留》，散文集《漸漸消失的航道》、《幸福限時批》，漫畫劇本《追風少年》等書。

導讀

　　詩人寫散文，經常著重於意象的經營，顧蕙倩的散文除貼近作家溫柔敦厚的心性之外，更有精巧隱喻象徵的設計。〈通訊錄〉裡的手機號碼，按鍵發出手機持有人的亡故的訊息，從此陰陽兩隔再無對話，才想起跟老師生前一再被推諉延遲的會面時間。靜靜看顧著同學們的老師此刻也在天上照看著同學們罷。無常是人生的課題，每見一次面，都該珍惜彼此。

老大姊說故事的故事

　　我不是忽然變成詩人的。也不是一下子就變成好人。在我出生不久後，阿嬤把時辰拿去給算命的看，說我天生悲憫、女身男命、命座天同，對宮有太陰射入，三方有祿存來會，是白手起家的旺夫命、運途崎嶇卻總有貴人提攜化險、若早婚會結兩次、晚婚才會好……我檢驗上半生歷史，似乎總在大事上刻意違逆那張命盤。

　　才不信呢。天生叛逆。

　　雖然瘦弱，個性頑固倔強，自小便會跟惡男打架、設陷阱害人受傷、逼人低頭認輸、考試作弊、偷小東西；在學校偏偏又是作文、朗誦、演講、畫畫的比賽校方代表、合唱團團長、田徑選手、大隊舞蹈主跳……直到我得到縣級作文第三名及演講、朗誦、作文全校三冠王，嘗受被同學議論、排擠的國小六年級，終於閉鎖了活潑的自我，國中是我最靜默的學習階段。

　　好孩子、壞孩子的雙重身分交替顯現，至青少年被文學吸引之後，劣根性仍不改，老是把「人生就這麼一回」、「人不輕狂枉少年」當藉口，惡行劣素的一個藝

文小太妹。我父搖頭稱我「潑猴」，娘親戲謔叫我「野馬」，兩老奇怪這女兒居然一邊參加藝文比賽、一邊還是田徑選手，白天乖乖在家看書寫東西，不然就是奇裝異服去舊書店挖寶、逛藝廊和美術館、晚上還約朋友去地下舞廳跳舞。又後來，報紙副刊上出現她的作品，卻讓他們的臉上青一陣、紅一陣的。

　　這是從小就自編自演故事劇的女兒嗎？一手史艷文、一手孝女白瓊，在大人面前演布袋戲的女兒，現在變成以詩、以散文來傾吐人生樣貌的作家了。一票弟弟妹妹們，偶而也在電視上看到家族的長孫女——他們的老大姊裝模作樣，說著一些奇怪的話。不論是多親密的家人親戚，他們從來不曾完整地看過我的一本書，更難了解我如何成為今日的作家、講師。

　　相信命盤，又如何？照樣叛逆，後天還要比先天精彩……

　　說來話長，故事有太多的角色與轉折。可你們相信嗎？仍舊得從老家的老榕樹、炎熱的、停電的夏夜和捕抓螢火蟲、弟妹們的成長點滴、一齣齣的惡作劇、還有那無數說故事的夜晚，慢慢起頭呢，「古早古早以前，有一個郎……」弟妹們，我要講一個你們的故事給你們聽。那時，老家裡的芒果、棗樹、文旦、木瓜、蓮霧、芭樂、桑椹都輪著四季結果子，九重葛艷紅艷紅地攀在圍牆上，曇花開時全家大小陪它失眠，阿公在鐵路局南北跑，阿嬤看著天公臉色農作，曬穀場從一個小孩陪著阿嬤農事，到後

來的五六個玩一二三木頭人、跳格子、十幾個分陣地玩打戰遊戲、家家酒、烤地瓜……我們輪流用電燈泡照顧剛孵出的黃色小鴨鴨、小雞、防止火雞被蚊子叮咬、夏天午後在曬穀場幫大人撥飼料玉米粒、曬稻穀、或我彈風琴教你們唱愛國民謠、跳李恕權的蚱蜢舞、畫故事書……當老大，我可不只哄你們睡覺而已！到現在我才知道，原來我還是整個家族的記憶體。

你們的故事是在老家發生的，但你們並不記得。譬如表弟，你不相信那時限電的夜晚裡，你潛入黑暗的客廳，一而再地將阿公的整套茶具掀翻，陶瓷茶壺杯具碎了一地，還咯咯咯地笑不停，換來你母親的一陣打；大堂弟阿鑫則是家族第二個內孫，出生就瘦瘦細細的，兩個小哥哥都巴望著新生兒快點長大，玩官兵打仗時，才不會輸給兩個一點都不溫柔的姊姊。

後來家族一共有十五個堂表姊弟兄妹，放假的時候，老家簡直要鬧翻天！床不夠睡，我和二妹擠著堂妹們，三四個堂表弟弟全擠另在一張床，在很深很深的夜裡聽我隨口編的故事，還不時插嘴亂派個角色進來，考驗我說故事的本領。一直到酣聲四起，只剩下有人喃喃著「然後呢……然後，呢……」我就知道要結尾了。

弟妹們，童年時我到底編過多少故事呢？竹林裡恐怖的吊死鬼、魚池中有蛤蟆怪、臺北山上住著吃人的大嘴怪和蛇妖、馬路上有拐騙小孩的壞人，把逃家的孩子變成畸形的怪胎賣給江湖賣藥的……你們嚇得要命，我就越說越

離奇怪誕、越編越可怕，講到半夜尿急不敢上廁所，一群弟弟妹妹輪流尿床，一早起來房間都是尿騷味，大人問誰尿床，小孩一概不承認。大人洗了被單晾好，之後才在曬衣竿上出現某某自己洗好的褲子⋯

大家忘記的，我卻記住了。

這些故事從來沒被我寫出，而我早也遺忘那些怪誕的情節。彷彿是約定，我後來成為作家；那是屬於我一人的版本，大家可以不必問，直接看我的書。只是家族的共同版本，前面二十年我可以倒敘、後面卻是殘章斷篇，難以拼湊後續的可能。

如今老大姊再說故事，會不會比童年時的睡前故事，離現實更遙遠、更荒誕迷離呢？台南培養我成為詩人，記憶你們的故事，讓我成為作家。

（2013）

作者簡介

顏艾琳，台南下營人，1968年出生，輔仁大學歷史系畢業、台北教育大學語文創作所肄業。年輕時玩過搖滾樂團、劇場、「薪火」詩刊社、地下刊物。擔任新北市政府顧問、耕莘文教院顧問、韓國文學季刊《詩評》台灣區顧問、大陸與香港詩歌刊物與網站顧問；曾獲「出版優秀青年獎」、創世紀詩刊40週年優選詩作獎、文建會新詩創作優等獎、台灣全國優秀詩人獎、2010年度吳濁流新詩正獎、2011年中國文藝文學類新詩獎章、2012年海南島第一屆桂冠詩人獎、2015年「第一朗

讀者」最佳詩人獎；擔任重要文學獎評審與藝文講師，2010年與劉亮延合編並主演舞台劇《無色之色》。著有《顏艾琳的祕密口袋》、《已經》、《抽象的地圖》、《骨皮肉》、《畫月出現的時刻》、《漫畫鼻子》、《黑暗溫泉》、《跟天空玩遊戲》、《點萬物之名》、《讓詩飛揚起來》、《她方》、《林園詩畫光圈》、《微美》、《詩樂翩篇》、《A贏的地味》等書。

導讀

　　「一手史艷文、一手孝女白瓊……好孩子、壞孩子的雙重身分交替」。正因為生活裡反覆著不同角色，卻一樣生動，而且精彩。作家從老家庭院說故事起家，在敘事中串連情節、人物、衝突的種種練習中，練達了人情故事。故事有時寫實，有時超越現實，但不變的是：大家忘記的，我卻記住了。也許是這種見人所不見的藝術家特性，被遺忘的故事，才會被文字留下來，作家才足以成為作家。

魚眼家族

　　轉眼間，我的故鄉，都成了觀光的聖地，小時常騎腳踏車去遊玩的武荖坑溪流，現在完全規劃成綠色博覽會的場地，指引帶著大把鈔票的旅人，恣意消費享受，在還未進入馬路彎道時，便被攔下來要收費才能進去。豆腐岬，如今充滿了攤販與海產店，垃圾與哄抬的價位，情侶們偷偷摸摸躲在暗叢，海面是一望無際的灰暗。在第三漁市場中，我常見到魚群睜著沒有眼窩的大眼，向我凝視，猶喘著沉重潤紅的腮線。有時，我走在面太平洋的海濱上常想著，這個漁港為何變得如此珠光寶氣，戴滿魚鱗改造的首飾，卻一點也不能禦寒，在這較少人知道，還保有思緒一絲澄明的地方，我感到有點寒冷。她以前那未施胭粉的模樣到哪兒去了？我為什麼無法接受這些轉變？

　　每年初春時節，當地鯖魚的產收時節，大量的觀光客會湧進這個小鎮。小鎮原個地方，你都可看到蒸騰的白

霧，大批大批鯖魚被捕上岸，當場宰殺、解剖，放進鼎爐中，成群的人或站或坐，或喊或喝，全圍在週旁，品嚐鮮魚的美味。這小城，只要你細細打開嗅覺，你便可發覺一種十分難聞的腥臭味，隨著海風陣陣襲來，於光陰日積月累中曝曬，沉澱，與揮發。常常在馬路上，你會看到一隻隻鯖魚，被超噸位的卡車載著，因為執念堆得空間太高，車子一滑過顛簸路面時，便讓牠們還猶有喘息的身軀，從上方擠落下來。掉在整個小鎮淤滿保麗龍、彈珠汽水罐，與臟器的夢的出口；魚貨司機是不會察覺這細微的重量的，他只是一逕往他困頓、苦力、夢想的方向前進，我沿路拾著，輕易就有滿滿一整袋。有時，太晚發現，牠們早開膛破破，腦漿四溢，再經過小鎮獨特的海風高溫漬曬，像一個鮮血模糊的模子，點點綴印在燙人的柏油馬路間……

　　我撿起牠們，看到牠們血水污濁的眼窩，映入我臉孔時，心底突然感到一陣莫名酥麻，也許牠們並不是鯖魚！牠們接下來的命運，我是知道的；應是去龍德工業區，再則是馬賽魚市加工廠，不然就是，那位於往宜蘭與台北的台九線濱海公路上，國際馳名的「老船長」魚品廠，要製作成一罐罐添加大量調味料，蕃茄醬，以及防腐劑的魚罐頭。那是我已經完成的儀式，或早被諭示的命運。離開故鄉好多年了，雖然夢裡總縈繞著故鄉魚港的身影，但每當我一醒來，揮不去的，總是那雙充滿血水的眼睛。她那純樸的身影，偶爾在夢境裡實現，卻讓我不再

想回到那個地方。每次回家看完父母親後，總想快快離開。近幾年來，重回到這塊土地，我甚至覺得連舊時的夢也尋不著了！飛虎魚丸號，海鮮店，藝品街，一家一家如卵石似旗幟般迅速隱現，佈滿整個小城的街道，啖魚的人潮比以前更加洶湧。他們帶動了小城的匯率，將小鎮人們的命運放在轉盤上展示、賭注，新鮮的蒼蠅停在眼窩上，爬進爬出，魚鱗不再有任何保護與抵防作用，反倒鑲入了我肉，我的靈，復於表皮上長出一顆顆肉疣。

　　我想起，早年父親靠海維生，後來因肝癌死於疲累的海上後，那坐在卡車後，一排排磨刀霍霍的殺魚女工中，有一個漸漸老邁遲鈍的身影，便是我的母親。我和母親靜默的關係，一如魚群和父親的關係。他們互相追逐，詰辯，為生計，為人生。我為追求自己的藝術美學人生，不願居住在充滿困苦，奮鬥也無以為繼的小鎮，它是那麼寫實、殘暴，又是那麼冷清、孤寂。但父親的疼苦，我竟連一罐咳嗽糖漿，也無以供應得起，竟能自想像的魚鉤中回神，聽不見任何悲苦的呻啼。長年追捕魚群的父親，生命怎也如魚鰾，氣力嘶微地浮沉於疼苦的大海，這是因為他藐視藝術的代價，還是魚群的訕笑？那我，又自深邃的大海裡，獲取到了什麼，破敗家世，還是潦倒的未來？

　　自十八歲離開南方澳後，算算已好些年了，父親在我二十八時一病不起，他肝昏迷的雙眼，怎如我在那市集外看到的魚眼，一模一樣？而我在異鄉沉默的浴鏡前安靜

打著領結，看到自己已如魚退化的身軀及瞳孔時，爲何還要用魚繩，綁住自己作爲堅定的航線？母親把多年前與父親的沉默，重新堆放在我們之間，老邁的身子，炯亮的雙眼，因父親的過世已顯得有些失神，憔悴。似在問爲我：爲何要把我孤苦地留在這裡，一逕駛向深不可見的想像大海？爲什麼，爲何麼，其實我也不知道，隔著橫亘在兩人之間高高的作業紙箱，其實，什麼也不清楚。也許現在的關係，我較像那尾逃潛的魚吧，烙印的註記與商標，被生命追捕著，努力投入誘餌將其捕獲，回到眞實的岸上吧，抑或甩開戳刺滿身皮開肉綻的鉤，繼續於想像的界域奮力、不顧地奔馳⋯⋯

　　有時，我也會問問這裡最負盛名的媽祖，卜卦單寒出走的年輕肉身，祂卻總更發爲沉默，抿著唇微微笑著。廟前的觀光客、車陣、裊裊的香火，幾乎快將祂視線淹沒，祂仍靜靜俯看著眾生來去，未發一語。魚群被拋丟的臟器，如玄武大帝的故事般，全都回到祂的身邊，得到祂的撫慰與照護。牠們將一生奉獻給這小城，填滿小鎮人們酸苦的脾胃，最後都在祂懷裡，得到報償與念力，愉悅地再回到沒有死亡的永恆穹宇──

　　那個灣口，蘇澳港埠，爲因應需求，已增擴三次，如今大大的三個霓虹管字，矗立在進出小鎮的出入口，成爲新地標；新成立的辦公大樓，氣派雄糾，亦在斜陽中閃爍著金碧光芒。幫浦力道萬均，抽起港裡的灰水，完完全全取代了魚鰾的呼息。母親過世後那年，我把房子賣了，搬

到一個沒有港口的小鎮，不再有缺殘的手臂將我擁抱，只充滿著令我疑惑、浮動的肩膀與手腕。今夜微雨風寒，在異鄉的窗口呼呼地叩敲著，讓我再次想起那天，於烈日下推著棺木前進，迤邐經過那廟前時，抬頭所照見的摯情微笑，彷彿在告訴我：不要再回來了，小鯖魚，你已完成你人生的使命，我已原諒你了，向前行去吧……

作者簡介

　　伍季，本名劉志宏，佛光大學文學博士畢業，現任逢甲大學國語文中心、國立虎尾科大通識中心兼任助理教授以及文學廢五金出版社發行人兼總編輯。作品曾獲：林榮三文學獎、時報文學獎、國家文學館博士論文獎助、文建會現代文學碩士論文獎助、國藝會出版獎助、全國優秀青年詩人獎、教育部文藝創作獎新詩獎、星雲佛教散文獎等。作品散見報紙、文藝雜誌及個人網站「伍季文學廢五金行」。詩作〈老鷹不飛〉入選康軒版國小課文、〈籃球〉選入《九十一年年度詩選》（台灣詩學）、〈桂河大橋〉入選《閱讀與書寫》大學新詩教材選文、〈時間之鼠〉收入於《詩路2001年網路詩選》（河童），著有詩集《與鐵對話》、《痛苦已把門檻化為礦石》、散文集《失肘港》及論述《詩‧役——一九五〇、六〇年代台灣軍旅詩歌空間書寫》。

導讀

　　這是一篇自我生命的成長書寫，傾向在自刑自傷中思索未來的路

向。初讀微覺苦澀，認眞細讀後則會帶給你一種向上的動力，猶如小鯖魚任性地向著未知水域勇敢游去。伴隨著武荖坑溪、豆腐岬、第三漁市場的改變，作爲故鄉的小漁村也變身成俗麗的模樣，十八歲時藉口求學的逃離，父母相繼過世後迅速賣掉家產選擇另一個城鎮小住，都是一種逃離，只是這個小鎮永遠是作家必須面對的難題，如何眞正躲避？創作最根本的問題，也就是自己，如何去面對你最不想思考和正視的問題，此文給了我們絕佳的範例。

夢的桃花源

陳謙

　　角板山，這座夢的桃花源，總會替我鬱悶的心開一扇窗，用以迎接更燦亮的陽光。

　　對我而言，遷徙一直是我生命裡無法閃躲的宿命。

　　四歲那年，我離開角板山，來到大台北盆地的邊緣，一直到唸上了國中，又因為若干原因，舉家遷至彰化田尾鄉，而在我高中時期唸了一學期「建教合作」的職業學校時，有一回便搭著九路的三重客運，在終點站下車，徒步十分鐘，遠遠望著那幢由父親親自監工起造的二層樓獨棟建築。

　　我沒有推門而入，因為對當時住在裡頭的人來說，我是陌生人。

　　但當晚回去宿舍，我就決定在半年的實習課程結束後——我要回到台北。

　　翌年我轉讀復興美工，一個十六歲的大孩子，靦腆、清純，對家卻始終有著並不完整的缺憾，於是我在繪畫裏，在文字裡找尋自己，努力拼湊出自己不完整的那一

塊。

民國八十年春天，我在大溪慈湖服義務後，一個儀隊的上等兵，站一歇二的空檔中，只要將雙手身枕在身後，往木質的床板上一躺，當窗外咻咻而過，風過群樹的聲音，總會撥弄我更幽微的記憶——向角板山。

彷彿十六、七歲的自己又再度儆醒。當時的我常跨上機車，在蜿蜒的路上前行，遠遠望見介壽國中醒目的泰雅族壁畫圖騰時，心裡是激動，又情怯的。

好幾次回到角板山的澤仁村市街，我都會不經意地在許多攤商面前徘徊，家人都覺得我跟父親極為相像，真希望有人就此懷疑我的身份？

但終究沒有人問起我的來歷，我像一個旅人般遊走在街路上，對攤商而言，我是十足的觀光客了。

我也經常到我阿公的屋子面前，像一個迷路的小孩終於找到了家，但門口的人啊是如此陌生。

他們終究沒有張開雙臂擁抱我，擁抱我的，是一股寂寞的寒涼。

我牽引著六歲的稚兒，蹲下來，試著告訴他，這裡，曾經是阿祖的家哦。

沒見過阿祖的紹瑋反而問我：這裡為什麼是阿祖的家，他不跟我們住一起嗎？現在他住在裡面嗎？

順著一條小徑向後遶，很快，就到了阿祖家的後院了。「以前這裡是阿媽養豬的地方哦！」

「是爸爸說的那頭『神豬』嗎？牠好肥哦，跟媽咪一

樣。」小童的的嬉鬧跟我心情從谷底拉起，像極了復興橋上慣有的高空彈跳。沿著小徑再往下，就是復興賓館了。

「爸爸以前在這裡常和衛兵叔叔聊天，衛兵叔叔還拔下刺刀借爸爸玩哦！」

「真的嗎？好好玩哦！我要，我也要。」

在復興賓館的春末裡，梅花都漸趨凋零枯萎了，雖然這間賓館是戒嚴時期因蔣介石喜愛，半強迫自村婦手上「收編」而來的，但時日推移，今日不見火藥味，有的只是綠草香了。

※

我想起澤仁村的中正路，在蔣介石過世前，叫做中山路。而復興鄉舊稱角板鄉，近日有些地方士紳，有更名的聲音出現。

復興鄉，這個在日治時期日人為掠奪山林資源封山而形成一道保護的面紗，到了國民黨時代更形神秘，就近在我家後院的復興賓館，也僅供我遠眺而已，當復興賓館倡議開放，已經是李登輝的九十年代了。

而位於角板山公園的太子樓，建於一九二三年，先後有一九二四年的秩父宮殿下，一九二七年的朝香宮殿下，一九二八年的久邇大將宮殿下，一九二九年的東伏見宮妃殿下的造訪，再加上之後蔣介石的進駐，更為這個令

人驚嘆的建築物感到好奇。

　　但一場電線走火的意外，使這幢七十多年的建物毀於一夕，只留下門前一對蔣介石夫妻手植的榕樹，見證人世的滄海與桑田了。

※

　　我自四歲離開角板山後，三十多年來，回故鄉的次數隨著年歲愈大，反而愈少，但感情卻更加濃厚了。

　　小學二三年級，是我印象中，出入角板山最頻繁的時間了，因為我阿公將角板山舊屋賣給了鄰居，一直在協議著若干的事情。而我最喜歡跟阿公回角板山，是有一種親切的鄉情在招喚著我吧。我從介壽國小的滑梯上，想起我童稚的身影是那樣無憂、天真與從滑梯往下疾速滑行的快樂，就像我的兒子一樣，那樣往復而不厭其煩地遊樂著，體內似乎有著用不完的精力。

　　介壽國小操場的一隅，如今已長滿了雜草，我用鞋底將土踢開，仍可以感覺瀝青舖成的水泥地，曾經，它載著直昇機的重量，也承載過澤仁村人對偉人的敬畏與好奇。

　　這些故事我都向六歲的小兒一一說明了。但他並不懂得，只將焦點擺在哪一種直昇機？甚至問我——蔣公是誰啊，這些問題。

　　回角板山，現在我都帶著全家，開著車一同旅行。

在我們生命的旅途上，其實，我們總是帶著家人一塊前行的，不管他們在不在身邊。

生命的境遇如果避免不了遷徒，那寧願我走過的路途，都猶如溪口吊橋那樣的詭譎與不安，卻又能在兩岸安然往返。

終點雖然相同，但沿途的景致卻一定不會相同。為了《戀戀角板山》的寫作，我第一次重新的省思自己來時的路向，重新檢視原鄉的人、事、物，而有了全新的體認。

第一次發覺，我對角板山的認識竟然如此不足，這令我面對每一篇作品時，那種愧疚的心情更加油然而生，深怕因為自己書寫上的不力，使我摯愛的原鄉蒙塵。

但我告訴自己，這只是開始，不是結束。就像今後每一次回到角板山，總是開著車，帶著全家一同旅行。因為這裡，有許多故事，屬於這個家族的每一個人。在造訪美麗多嬌的山山水水之後，如果用心領體，你我都能體會，另一種人情的善美與風華。

遷徒，雖是我無法避免的宿命，但我也開始可以領受，當蔣介石在梅台端坐，遠望溪口山光水色的同時，世局的紛擾是不必在乎的。因為在那一刹那，時間總以它的大愛示人，也會告訴我們：將自己放空罷。

雖然你我塵緣未了，終究是要回去城裡的。但角板山，這座夢的桃花源，總會替我鬱悶的心開一扇窗，用以迎接更燦亮的陽光。

旅行，你常自以為孤單，其實，你至少跟過去的自己對話。誰說「草木無情」？跟善感的草木對話罷，因為，他們總是最好的傾聽者。

作者簡介

陳謙，本名陳文成。桃園復興鄉出生，祖籍彰化田尾，現旅居新北市。佛光大學文學博士，南華大學出版事業管理碩士。曾任補教名師、電視編劇、文化事業專業經理人兼總編輯、中原大學景觀學系業界教師、現任教於國立台北教育大學語創系。創作作品曾獲吳濁流文學獎、文建會台灣文學獎、台北文學獎等十餘項。

出版有詩集《給台灣小孩》等六種，散文集《戀戀角板山》等三種，短篇小說集《燃燒的蝴蝶》一種，論文集《反抗與形塑：台灣現代詩的政治書寫》等。

導讀

每個人都要在必要的時刻來段小旅行，讓自己離開日常的舒適圈，去體會不一樣的風景。同樣的每個人心中也都有一個故鄉，你不一定在那裡生活夠久，但對其情感卻特別的濃烈。你的心靈故鄉不一定是你的原鄉——心之所繫，就是故鄉。

〈夢的桃花源〉寫的是桃園角板山的地景樣貌，但文本呈現更多的，其實是關於記憶的風景。風景有人的溫度，才算是有味的風景，你的故鄉樣貌，你想要從哪幾件小事來呈現呢？

相逢有樂町

陳芳明

在有樂町，我與我父親的時代不期而遇，然後又交錯而過。

這是一個長久以來就熟悉的地名，是東京市內的一個車站。山手線的電車在此靠站時，我看到了站名，竟猝然湧起一股無可名狀的愁意。我想起了父親的戰後初期的身影，還有他那時代的蕭條、寂寥與苦悶。有樂町，這個名字出現在父親常常低唱的一首歌裡。每當酒後，父親就以沉悶的聲音唱起叫做〈相逢的樂町〉的日本歌。我並不了解歌詞的意義，但隱約可以感覺到父親是在撫慰自己的傷口，在傾瀉一股難以壓抑的情緒。我從未認真去理解他的心情，他的世界彷彿與我是隔離的。憶起父親孤獨坐在夜晚的後院淺斟低酌，偶爾便吟著日本歌謠，那分情景於今仍然使我感到心痛。

有樂町，於我是不快樂的。看到了站名，好像車廂又帶我穿過了時光隧道，回到蒼白的、青悒的一九五○年代。〈相逢有樂町〉的歌聲，恍惚中又在深夜的何處悠然傳來。午夜的車聲，敲打著靜了的、甜睡著的東京市

街。有樂町車站外的街燈，輕染著一分淒迷，也夾雜著一分召喚。年輕時代的父親，是不是也懷抱著愁情，走過同樣的街燈之下？

長大以後，我才知道〈相逢有樂町〉，是一首戀愛中男人的情歌。歌詞甜美，也帶著憂鬱。起首的兩句便是：

> 如果等你的話，
> 雨就下了⋯⋯

經過有樂町時，正值午夜。車窗外並沒有雨水，吹進的是沁涼的、微濕的夜風。我可以看見車前伸長的鐵軌。在遠處燈光的投射下，閃爍著兩條平行的、烏亮的鐵軌。倘若我與父親在有樂町相逢，他會把年輕時代的心情告訴我嗎？而我，能夠理解他的時代與他的世界嗎？

父親，是我最早的「日本接觸」。他是在殖民地時代受教育的，談話中，台語與日語交互使用。對孩子管教，他總是毫不遲疑以鞭子毒打；喝斥的聲音，儼然在指揮軍隊一般。如果這可以稱為我的「日本經驗」，那實在是不快的，而且也近乎恐懼。然而，父親也有他感性的一面。他酷嗜帶孩子遠行，以旅途中之所見來增加我的知識與常識。我之所以能夠較其他兒時的同伴有更多的旅行經驗，純然是父親帶給我的。

我並不清楚，父親對日本是否懷有眷戀？對於世事政

治，他絕口不談。他的時代，無疑是充滿窒息、找不到出口的年代。像所有戰後的台灣男子一樣、都賣命工作，不捨晝夜。深夜裡、偶有查戶口的事件，全家都陷於驚怖的空氣中。戰慄的、無聲的空氣，怵然凝住。在白天，父親卻又好像安然無事，他只是埋首討生活。為了維持一絲做人的尊嚴，父親每天都辛勤不懈。他與他的那一代，大約都是這樣謹慎、苦鬥而存活下來的吧。在忙碌的日子裡，父親很少從容與孩子談過話。多少年來，我一直不知道他是否眷戀著日本？

　　飛行到日本，我多少是帶了一點心願，希望在這個國度找到父親從前的影子。他從前所看到的、意識到的日本，想必與我經驗的全然不同了。只是，我總是覺得在他身上嗅到日本的味道，那不單單是他使用的語言，而是另有一種介於粗獷與拘謹之間的氣質。這次的日本之旅，我終於在一些日本男人身上，看到了類似父親身上特有的那股氣質。如果說，那是父親對日本的眷戀所流露出來的，倒不如說殖民地教育在他身上留下了痕跡。

　　車過有樂町，我不能不想起父親的時代，想起他經歷過的戰爭，想起時代的轉換為他帶來的不安。他未曾提起過少年時的抱負。歷史的狂流，挾沙泥俱下，如果他年輕時有過任何夢想，也一定是被沖刷得無影無蹤了。他不曾在孩子面前頹喪過；只是他暗地裡的喟嘆與感傷，我是聽見過的。他年輕過，當然也像我在青年時期立下過誓願的。那麼戰火攜來的離亂，以及離亂後的怔忡惶惑，恐怕

不是我這一代容易去設想的吧。僅僅為了這一點，我就不能不心痛地憶起他在後院獨酌的背影。他背對著家人，背對著遠逝的時代，單獨咀嚼著夢想幻滅後的苦澀、挫折、傷害。

戰爭結束後不久，他從避難的台南搬回高雄，把全家安頓在一個叫三塊厝的地方。我不甚了然於父親是如何掙扎過來的。後來，只聽過母親間歇談起，他賣過舊貨，擺過麵攤，又嘗試過碾米廠，最後改行從事電氣買賣。我初識人事時，他已經在經營一間小小的電氣商店。三塊厝，距離高雄火車站不遠，父親就在三民國小之前租一幢陳舊的二樓木屋。他偶爾牽著我的手，走到鐵道旁，與我一起觀望火車的北上南下。有時，火車過後，他會容許我蹲在枕木上，堆積小石塊。那往往是傍晚時分，高雄的山浸入一片暮色。父親坐在鐵道旁的田埂上，看我細心把石塊一一疊起，然後又推倒，重新堆積。他沉默的時候居多，直到夜色把他的身軀漆成一團黑影。

我想，他的內心是不快樂的吧。他從事商場事業之後，發現語言對他竟是一大羈絆，甚至閱讀報紙也頗為吃力。他參加公家機關的工程投標，總是為了自己破碎的北京話而感到難以表達自己的想法。然而，他仍堅持去學習他不熟悉的語言。直到現在，他說的北京話還是殘缺不全。不過，我認為已是卓然有成了。

也許是在外面商場遭遇了語言的困難，所以他一回到家就偏愛聆聽日本歌謠吧。我是在舊式電唱機傳出的平

面歌聲中長大的。每想及一九五○年代，那種硬質唱片播放出來的旋律，仍然會在我的心室裡回響。直到六○年代，這樣的音樂仍然還未進入立體的階段。從美空雲雀，到小林旭、石原裕次郎，父親似乎都是喜歡聽的。這些歌手所唱的，無非是在發抒戰後日本社會的憧憬、期許、落寞與幻滅。歌頌著愛情，歌頌著生命，也唱出男性的哀愁與振作。這可能才是父親較為熟悉的語言吧，也可能只有這樣的歌才能唱出父親的心情吧。

我被送去受教育之後，接受的價值觀念，可以說與父親的世界扞格不入；甚至可以說，我是被教育來敵視父親的那個時代。我走入了一個讓父親完全感到陌生的天地，一個與他的時代完全疏離、隔閡的天地。當我開始到達塑造人格的年齡時，對於自己早年曾經有過的「日本接觸」，竟產生一種厭煩，一種幾乎是近於輕視的態度。對於他穿越過的扭曲變形的時代。我並沒有學習到絲毫的寬容與諒解。我從書籍知識學來的，從課室黑板上獲得的，便是如何使用貶損的字眼來譴責他的時代。我學會了指控，指控他們那一代是穿著殖民者的服飾，說著殖民者的語言。在他面前，我仍馴服如常。但是，在內心深處，我其實是與他決裂的。唱著〈相逢有樂町〉的父親的背影，恐怕並未察覺他的孩子已經距離他越來越遠了。

我與父親之間的時代斷層，並非只是語言上的，同時也還包括政治、社會、文化、思想上的種種差距。對於我的所學，他顯然沒有發生過興趣。他更不追問，我的知

識是不是實用的。在商場風塵裡打滾的他，於六〇年代創造他生命中一段意氣煥發的時光。在那一個時期，我很少看到他陷入落寞的情緒裡。然而，也正好是在那段時間裡，我長大成人，同時初步建立了我自以為是新的、充滿期許的世界。父親與我，從此分別鎖在各自的時代思考裡。他並不在意，孩子是不是尊重他的觀念想法。他的孩子用一種矯揉的語言表達意見時，他看來也是那麼無所謂。直到我離家出國，父親與我似乎從來沒有好好坐下來促膝長談。我的離鄉前井，等於是徹底與他的時代決裂了。

　　到我真正能去思考父親的時代，以及時代投射在他命運裡的陰影時，我已在他鄉浪跡多年了。那時，我翻閱著戰後初期的報紙。在那泛黃、漸趨模糊的鉛字裡，我窺見父親所處社會的魅惑與詭譎。那是一個混沌的、狂亂的時代，又是一個再生的、活力的社會。我終於領悟到，父親的時代是由開放與保守的兩極社會所構成。他見證到一個高壓的、閉鎖的殖民政權驟然崩壞，也目睹了一股要求秩序重建的意願正在興起。就在朝向建立一個莊嚴社會的道路上，他發現一個帶有敵意的、猜疑的價值體系也逐步形成。對抗的緊張情緒，瀰漫著他所賴以生存的島上。他自以為是樂觀進取的道路，次第變成灰黯、無望的旅程，直到一九四七年的一場流血事件發生過後，父親才確定戰爭之後所給予的許諾，都完全落空了。

　　他對自己產生了懷疑，但是又找不到答案。在新舊時

代的交接過程中，在兩種文化激盪的夾縫裡，父親純然屬於迷失的一代。他保持高度的沉默，與其說是出於恐懼，倒不如說是帶了一分無言的抗議。他日後把自己攜進一個隱密的內心世界，也是種因於那次事件的衝擊吧。只是從這樣的觀點去透視，才能夠解釋當年查戶口時父親的驚惶心情。也只有這樣去理解，我才能夠體會父親在一九五〇年代獨酌時的深沉苦悶。果真如此，父親在酒後低唱著日本的歌謠，就不能視為對日本的眷戀，而應該是受傷的靈魂暗處傳出的呻吟吧。

父親來到異鄉與我重聚時，他的前額已有些傾塌，而步履也顯現了蹣跚。看著父親稀疏的白髮，還有他鬆動脫落的牙齒，使我難以想像他縱橫商場時的豪情。他衰弱的身軀，不能不使我聯想到一九五〇年代時的他。他迢迢千里來看我，終於也沒有把他的心事說出。坐在湖岸的樓頭，他定定望著波光；那種身姿，一如他年輕時攜我望著北上鐵道的情景。經過這麼多年之後，我彷彿已能夠揣摩他的心境。然而，也僅止於揣摩而已。

他活在一個所有出口都被封閉的時代，包括他靈魂的井口。他的掙扎與奮鬥，都表現在為了生活而奔波的行動之中。他的無言，足夠反映他的內心。我為自己當年所持的輕蔑，感到無比遺憾，也無比痛心。未能代他發抒心聲，就已值得自譴了；我竟還站在他的傷口落井下石。倘若他知道，內心是不是感到抽痛呢？

在有樂町，我與父親的時代不期而遇，然後又交錯而

過。我飛抵了日本，方知我早期的「日本接觸」，實在只是表面的，是虛構的。然而，我終於還是沒有跨越時代的界限，去了解父親的悲愁。歷史的齒輪，無情地把他的世界輾平，輾得支離破碎，終至無聲無息。路過有樂町，正值午夜。我總覺得〈相逢有樂町〉的歌聲，在東京的什麼地方悠然揚起，向著天上，向著人間。

——發表於一九八七年十一月

作者簡介

　　陳芳明，一九四七年出生於高雄。曾任教於靜宜大學、國立暨南國際大學、國立中興大學，後赴國立政治大學中文系任教，同時成立該校台灣文學研究所，目前為國立政治大學講座教授。

　　著作等身，主編有《五十年來台灣女性散文・選文篇》、《余光中跨世紀散文》等；政論集《和平演變在台灣》等七冊；散文集《風中蘆葦》、《夢的終點》、《時間長巷》、《掌中地圖》、《昨夜雪深幾許》、《晚天未晚》、《革命與詩》；詩評集《詩和現實》、《美與殉美》；文學評論集《鞭傷之島》、《典範的追求》、《危樓夜讀》、《深山夜讀》、《孤夜獨書》、《楓香夜讀》、《現代主義及其不滿》、《很慢的果子：閱讀與文學批評》，以及學術研究《探索台灣史觀》、《左翼台灣：殖民地文學運動史論》、《殖民地台灣：左翼政治運動史論》、《後殖民台灣：文學史論及其周邊》、《殖民地摩登：現代性與台灣史觀》、《台灣新文學史》，傳記《謝雪紅評傳》等書，為台灣文學批評學者的研究典範。

導讀

　　這是一篇歷史軸線與空間場域極為明顯的文章，作者以1960年代發表，流行日本經年不輟的一首商業歌曲〈相逢有樂町〉貫串全文。歌曲寫的是愛情的相逢，充滿浪漫情懷，本文作者寫的是父子情懷，那因各自背景殊異而產生的情感疏離與遺憾。父親來自日本殖民時代的台灣，待作者略懂世事時，父親已走過那個充斥著狂飆、期待、挫敗與緘默的1947年前後。歷史是曾經，歷史也預言著未來，當時身為孩子的作者，也是得長大等到自己負笈他鄉，遭遇大時代的頓挫與無奈後，才能慢慢地與當時落寞唱著〈相逢有樂町〉的父親身影相遇。然而，這樣的父子相遇，是走過多少時代曲折的路，才能彼此一步一步的靠近呢？

一葉情

李欣倫

記憶她的方式，如揉爛一葉豨薟，喧嘩而瑣碎。

溫涼夜半，你突然起身，以破冰船之姿，切裂犬吠車囂的漫漫暗夜，划向檀香穩妥的所在。掀開秘綠的絲質紗帳，女人頸背如緩丘輕伏，你躡手躡腳侵入她的右側，家貓般地偎在她身旁，檀香浸染的髮亂在枕上如沖積扇。你嗅取古樸的味，無邊際地想起靈堂或名剎。光在窗外時而奔竄，想是赴歸的夜車燈，忽橫渡暗房，投映至女人側臉。光影分明的黑白山水，歲月縱深於眼前曝白，毫無防備的你竟心頭撼動。

「還沒睡嗎？」

她的聲音低低響起，眼仍闔覆著。你以指尖梳散枕上沖積扇，發覺扇面燐火點點。曾經，你幫她吹髮，蓬鬆髮窩很快就熱了，她教你一手持梳篦一手持吹風機，像家庭美容院的洗頭小妹，以溫風攏整髮尾，順服岔亂髮根。之後你仔細挑揀細細銀絲。一根，三根，五根，怎麼那樣多呢，你有點怨有點嗲地皺眉，她驚嘆鏡裡的你與她年輕時竟同一模樣。生命真空的髮絲如釣魚線，看似脆弱實則韌

勁，你好玩地將它旋繞筆軸，疏實互參的髮線纏不牢香水鉛筆上的天使紅顏。隨後你從筆上蛻下梭形髮環。喔，你淘氣而戲謔地，媽咪的白毛線球，可供我縫織一只手套啊。你方從國語課堂上學會使用誇飾法，不過總以為所謂的誇飾僅是超現實的技巧炫示，浮著虛薄假象，而今晚當你心疼撫摩她的銀髮時，猛然領略過去建構的童話語境，竟是生活的真實造句。

　　她的髮曾如漆墨。那時，每晚你愛貼著她的臉頰，央她說故事。她原是不善說故事的，不像爹地，總篡改當日卡通「藍色小精靈」的內容，或稀釋或添料地扮混，臨睡前餵養你的故事胃納。她努力扮演那時代家中有初入小學的母親模範，成套購買兒童版的偉人傳記或文學經典，隨手翻閱並朗讀給你聽。她的故事版本經常脫頁，因此你所認知的羅丹與卡蜜兒、徐志摩與陸小曼情同手足，她將成人感情世界的激寂與龐瑣消音，織就了阻絕煙囂烽火的搖籃，像她厚密的髮，在你心智周圍構築護欄，檀香霧也鋪天蓋地閉鎖你的夢魘。

　　你邊聽邊捲繞她的髮，總在章回故事終結前，你睡著了，她的髮仍掐握於掌心。隔日你從酣夢返回，手心的髮不知何時逸失，但卻依稀辨聞坎落於掌紋間的檀香。

　　你曾和她共浴，那時你屪瘦尚判不出性別，而她通體透著女性豐白，淡藍經絡書寫女體瓷胎。你看她挽妥長髮，別枚簪固定髮髻，露出腴淨後頸。小心別燙著了，她柔聲叮嚀，同時以手刀輕切水面，你瞧見什麼草葉泛動浮

游。

那是「沙威隆」和「巴斯客林」進軍浴室的年代。三姨家的浴缸內汪著一池黃水，電視廣告說全家洗巴斯客林你我健康快樂笑呵呵，你斜睨小便色澤的水域，腦際悄悄勾畫小奸小惡的使壞念頭，卻不時蹙眉掩鼻，彷彿來到海水浴場旁的敗棄更衣室，陽光雜搗、焙乾海鹽汗臭藻類的怪味。

可記憶中的光是濾淨雜質的薄晰，彷彿穿透時光厚度，從浴間高處的窗扇隙切探，水面的螢點生命清楚了輪廓。

是豨薟草麼？你從《本草綱目》感知它的形狀、色澤與溫度。原是高大的草本植物，在霧氣濛曖淨室內，繳械它闊綠脈脈的身世，素著乾褐悉索響的姿態。在你大字多不識的年紀，你懵懂辨認古籍裡怎怪的形音，她像學校老師仔細示範：ㄒㄧ ㄒㄧㄢ ㄘㄠˇ，鄰家大姊似的甜糯聲。你承認與同齡學子不同的識字經驗：從自家漢藥鋪的高櫥內攀出《本草圖說》、《植物名實圖考》，詭奇圖文的早熟啟蒙哪，如後來你從《山海經》中窺得的神鬼曲張，草木鳥獸蟲魚生猛活現，她私塾式地教你辨讀，一字一字編派至你的想像世界中……

江東人呼豬為豨，其草似豬薟臭故名。《本草從新》記載豨薟葉不光彩的命名，但面盆內的豨薟浴湯卻令你為它抱屈，究竟是太荒謬的聯想，正如你明知豨薟及檀香的命運兩異，為何在你鼻腔中媾亂成美麗的錯誤？檀

香總在佛殿燃起，具有超越眾生瞋癡的清遠，恍若佛陀氣態後的香蹤，而那株漂臥在水面上的豨薟葉，是病苦眾生的趨邪符，人們將它入燙水以滌身，一瓢瓢洗褪不潔物事，驅走附身的病魔野魂。但你分明從她身上嗅出檀香，不過有別於佛堂的焚香，那揉混著素果清菊白蓮的味兒，並非她的體香。她在浴缸裡私釀秘密，而你是同謀。

她將燙水澆淋在你背上，你像熟透的蝦弓背躲閃，並掬水高至她的頸，裸背傾下一彎清淺。你畢竟還是孩子，豨薟屑搔得你吱吱喀喀笑，你當它沐浴玩伴，沾黏一身痘疹模樣逗她開心，而她，卻在豨薟香中雙眼微閉，參禪的身姿。你似乎有些記不清了：她何時卸下簪，如何梳髮淨髮，是若彈豎琴的側睇麼？又如何將長髮醃漬於豨薟水中，無怪那縷氣味久久不散？

魔幻寫實的個人記憶哪。你若跳房子般選擇記憶區塊，必然遺漏若干細節。不過你似曾抓牢生活瑣細，從奶奶、姑婆、伯母或誰那兒，無意間打撈起關於她的種種，包括她的豐潤前臂及薄唇淡眉，尤其那頭長髮，如撞不著出口的弄堂曲徑，纏扯多少流言。你也曾視一切為真，從轉角賣菸酒的秀滿姨、巷底包糯粽的瞎眼婆或隔壁阿楨他媽那，攜回零星的二手、多手閒話，氣壞了地在她面前扯破嗓門：他們說妳那樣這樣是真的嗎妳為什麼不回嘴……

她仔細擦拭你的唇，疼惜與慌張沈澱眼底，你從她眼

瞳複印自己的影，跌破的唇角血猶存。傷口潰疼地，你眼淚鼻涕大把掉，她不知是惱了還是急了，眼眶泛著紅。那晚，你莫名染上高熱，她煮滾薄荷水。不同於薄荷巧克力冰淇淋的甜膩，汁液稍嫌苦澀，你大碗吞下幾乎逼出眼淚，然後昏昏睡去。午夜醒來，你發現她躺臥身旁，手臂覆額熟睡，枕畔乾枯薄荷紮束，該有的薄荷清香，竟於檀香味中完全淪陷。

　　多久沒和她同枕而眠？你試圖喚回那些早已淡出的記憶。你拿起厚重相簿，夾頁掉出幾枚發黃的笑臉，於是你甜甜逼近她的面頰，怎麼趁我熟睡偷拍我，口水流滿下巴好醜哪。照片裡的你才五歲，即使睡深了，小指仍勾她的髮。她滿足地笑了吧。即使她部分臉容切在焦距之外，你僅能對那虛空唇線勾勒想像，你仍可確定她上揚的嘴角。當時她留短髮，髮尾捲在耳下三吋，依舊是年輕的俏皮。於是你對著那頭捲髮發怔，似乎那時的檀香氣味正滲入現實，溫柔將你捲入耳後濃黑漩渦。

　　想來荒唐，再無法入眠的夜，你曾起身步入庭院，吸飽薄荷山茶夜來香的氣息，搜尋不到你以為的檀香，或開窗讓夜傾入，仔細偵察哪戶人家是否焚了類檀香的燭光，還是，神經質地開闔家中藥櫥，抓把豨薟貪婪奪味，不對不對，你知道很接近了但仍有些走調。

　　如同你錯按幾指黑鍵，整首曲調就由輕快跌至哀傷。你坐上亮黑絨高椅，雙腳騰空隨節拍晃呀晃，她原在身旁聽你彈奏，而奶奶的尖細嗓音喚她下樓。你延續方才

的愉快心情，十指叮叮噹噹按譜拓路，忽有碗碟碰碎聲如裝飾音符，你甚覺有趣進而一曲接一曲，當樓下的細碎聲止息之際，你也痛快淋漓地結束當日的練習。

或是長長的午覺醒來，你眼仍顯迷濛，搔著頭皮漫不經心問她，方才是我作夢吧，好像聽見誰的怒吼或誰的哭聲，在夢即將潰散之際。

還是那個溽熱上午，她牽你的手，在市場擁擠通道內，瞥見正與小販大聲聊笑的花姨突然搗住嘴，像吞進青蛙腿或蜥蜴頭什麼的，臉色霎時青白，然後向前挽她臂膀，堆上笑臉，噯，好巧，來買菜啊，你家囝仔好乖還幫妳提菜籃，說著便蹲下擰你胖呼呼的頰，你卻從她淌汗的額下記住那雙淡漠的眼……

無聲吸納粗礪現實的黑洞。當你從高熱中醒轉，腋窩一片冰涼，睜眼所見是她眼瞳的你。現今想起，她似乎不曾哀愁、焦慮或沮喪，當你凝望她，看到的盡是她眼中的你，包括你的憤怒、不安與徬徨，以及種種正面負面的情緒投射。

但事實總非如此抒情，記憶中她也會詈斥，也曾掄起藤條竹枝什麼的往你屁股啪啦打，因此你決意逃家並狠狠叛逆，日記布娃娃衣褲零用錢塞滿背包，腦中漫想著搭火車一直一直南下，永遠別再回來。可當你鐵青臉一身出遠門的裝束踹開房門，卻見几上一盤水果切片或你愛喝的冬瓜茶，她背對你悄聲說趁冰涼吃了吧，多年來你猶記得方時杵在門口的內心交戰。

確實是場既決裂又纏綿的戰事。每逢她接到找你的電話，開場便是一連串狀似輕柔卻咄咄的問供，讓你在友人面前難堪。午夜她偶爾打電話至你宿舍盤查，你掛上話筒後照樣出門縱歌飆舞，將嘮叨鎖回安靜房舍，尤其你不時更換情人與手機號碼之際，她的關切更緊迫盯人。但監控有時轉成安全過濾，你央她打發難纏的男生或化妝品推銷員，當她笨拙爲你編就謊言之際，你已計畫週末和死黨殺去墾丁曬黑或至瑞穗泛舟。

　　現實風強浪滔滔，她是你一輩子恆想駐足的避風港。

　　你甚至自信而浪漫地以爲，女兒永遠有任性、撒嬌、耍賴的特權，只要回家桌上定有一桌熱菜，一旦被叨唸心煩了隨時可甩門離家。

　　直到你發現她的髮正以誇飾修辭蔓延纏繞你的青春，那自動無限延續、膨脹的青春期，疑惑逐漸滋長。你偶爾從她的失眠覺察隱約的更年刻度，但她毫無你以爲的更年症狀，包括易怒、急躁、失落，或者寂寞。

　　依舊，尋常。那天返家，她擁你入懷，你卻默默掉淚，不是想家啦，你尷尬解釋並淡淡敘述，是你所經歷的人際衝突、感情挫敗及生活壓力所致。好想沖個熱水澡，洗褪體內黏滯的疲憊。她放滿整缸水，熟悉的仙草色澤。你閉氣滑入、滅頂，希望嚴實地埋葬於豨薟墳內，帶著青春殉難的壯烈。願氣泡滲浸體內，消滅日前的陰靈、殘缺、空虛。豨薟水覆沒胸頸如一匹往生被，你恍惚

感覺死亡或新生的暈眩，是羊水震破、而你將從搖晃顛簸的子宮衝撞之際麼？然後你看見記憶：她在浴間燒燙豨薟，即使你身體抽長顯得扭捏不再與她共浴，你依稀從排水口撿拾豨薟葉梗，如你從空心菜熱炒盤中夾起她的長髮，髮葉相纏，彷彿孿生。

豨薟草以五月五日六月六日七月七日採者尤佳。去粗莖留枝葉花實。九拌蒸曬九次蜜丸。擇日摘取，耗時費工，豬薟臭方盡除。

她的香，是生命的大量消耗、製造後所儲剩的微薄收成。她的髮，則是一葉扁舟，你悠悠蕩出現實險灘。

而你下半夜如此好眠。

醒後你聽熟悉的碗碟碰撞聲，她收拾殘羹並張羅你的早午餐。電視重播幼時的「藍色小精靈」，背對你的父親晃腦睡了，手邊那杯何時置在案上的冬瓜茶，杯底晶懸淚花。黑夜悄聲吸附你知道或不知道的脆弱、陰影，像她輕易抹除桌面的醬油漬。

「睡得好嗎？」

逆光的她臉容模糊，可你總知道，她正睎眼笑著。

作者簡介

李欣倫，靜宜大學台灣文學系副教授。寫作及關懷主題多以藥、醫病、女性身體和受苦肉身為主，出版散文集《藥罐子》、《有病》、《重來》、《此身》與《以我為器》等作品。

導讀

　　散文作家李欣倫是台灣散文寫作傳統中，極爲具有代表性的作者，李欣倫有其充滿學院高度的自省性格與廣博的閱讀能量，加上她富有自我探索的精神，使得她的作品有著細膩的內向性與外向性。〈一葉情〉收錄於《葉罐子》，雖然是作者第一本創作，但也具有高度標幟意義，文中透過作爲中醫師女兒的身份，從中醫草藥的知識，以及多面向深刻的感官性靈書寫，來書寫與母親的種種情緣，不論從知識在文學作品中的意義，或者性別書寫的意義來說，都是追尋自我身分認同的美麗書寫。

大風吹

王盛弘

1

　　二月天，住家附近小公園裡櫻花盛開壓低了枝椏，花樹下，一名膚色黧黑年輕男人操持一具宛如大砲的器械，三兩名孩童隔幾步遠專注瞧著，要爆囉年輕男人出聲示警，孩童都用手遮耳朵，張大眼睛、咬緊牙關而有一張逗趣的臉。砰！地好大一聲，白煙噴發，米香瀰漫，空氣微微顫動，緋紅花瓣紛紛飄落，彷彿若有風。

　　大風吹。

　　吹什麼？

　　吹有記憶的人──

　　當我童少，每隔一段時間爆米香流動攤販便會駕柴油車駛進我們竹圍仔，一男一女大概是翁仔某搭檔，擇定姑婆家開闊稻埕女人擺開陣仗，男人在每一座大門前駐足，邊敲鑼邊喊叫爆米香、爆米香喔──我一聽，仰頭張望六嬸，眼神肯定流露了渴望，見六嬸點頭，我便自米缸中舀米，裝台糖鳳梨馬口鐵空罐裡，七分滿。

稻埕上陸陸續續已經集結了大人小孩，地上一罐罐白米排著隊，男人依序拿起，這是誰的他問，人群裡有人認領說我的我的，他便將米傾入砲管，片刻後大喝一聲要爆囉！年輕母親爲襁褓中嬰幼掩緊耳朵，轟天巨響伴隨白煙大作，照例有誰家的囝仔還是被驚哭了，女人趨身向前拿一截米香哄哄他。米香、麥芽香，空氣甜甜的。

　　我提一塑料袋米香返家，六嬸問怎麼去了這麼久，我是著迷於那每一次巨響每一回雲繚霧繞。腹肚枵的時陣，六嬸説，才可以吃喔。

　　肚子餓的時候，還有麵茶，阿嬤還在時會自己用麵粉焙炒，加豬油、紅蔥頭；放學後，六嬸還沒下工，腹肚枵得咕嚕咕嚕叫，沖一碗麵茶止飢。

　　小時候我眼中的大人現在都已初老，年節聚在一起，同一團毛線織了又拆了又織地談的都是前塵往事，總有人提起，當我嬰幼時有人找我去拍奶粉廣告。後來呢？有人說：後來讓你老爸擋掉了。爲什麼拒絕啊我看看六叔，六叔只是笑但不答話，六嬸開口把話題調轉了方向：以前眞散赤，飲不起牛奶，這幾個囝仔攏是食麵茶、食米麩大漢的。

　　奶粉啊那是阿公阿嬤才喝得到的。遠地親戚前來探訪，總帶克寧奶粉、五爪蘋果當伴手禮，都讓阿嬤給收進五斗櫃裡；但是頻繁地，阿公自瀰漫金十字腸胃散氣味的裡屋拿出一罐奶粉幾顆蘋果問誰要呢。蘋果已經鬱出傷口，奶粉也早過了期，捨不得還是泡泡看，一杯子粉狀懸

浮，味道也不對了。

自家灶腳產出的，除了麵茶還有鍋巴。幼時，家裡用的是灶、燒的是柴，看我們等在灶前，六嬸會讓飯多燜一會兒好使鼎底結一層鍋巴，剔起，輕輕握成一團，沾白糖吃，那美味！上台北後幾度和朋友在銀翼餐廳吃鍋巴蝦仁，醬汁淋下滋滋作響，色香味之外兼有音聲享受，但這已不是童年那款質樸滋味了；童年的滋味是最尖酸美食評論家也無能苛責的。

或是豬油粕。六嬸在菜市場買來的油脂蒼白滑膩，利刃切塊，入鼎翻炒，很快炒出一鼎豬油，油粕載浮載沉，瀝乾後撈起，我坐飯桌前專注挑著有肉販沒剔乾淨的瘦肉的油粕仔。油粕仔口感酥而有油香，六嬸拿它炒青菜。至於豬油，裝進鍋子冷卻後成乳白色。後來有了電鍋，鍋裡恆常有白飯，半夜裡腹肚枵就添一碗白飯舀一匙豬油，看著白色豬油緩緩融化把米飯浸潤得剔透晶瑩，一匙豬油可以扒下一碗飯。

池波正太郎也愛這樣吃。

池波正太郎是日本時代小說家也是美食家，他留下鄉間炒菜用的油脂，加入調味料後放一夜，凝凍，隔天置被爐裡片刻後再澆熱米飯上，池波說：美味極了！

我讀過一則報導，據「研究指出」，吃零食可以刺激大腦，產生心理上的慰藉感，成功轉移緊張焦慮的情緒。姑且不論所謂「研究」往往是企業主委託的研究，所謂「指出」則是公關公司的說辭，對我而言，米香、麵

茶、鍋巴、豬油粕，乃至於熱白米飯上澆一小匙豬油，等等這些「零食」之所以好吃，原因再簡單不過，因爲它們都是在「腹肚枵的時陣」吃的。

零食比正餐好吃，因爲正餐是時候到了就要吃，而零食，是想吃的時候吃。

2

池波正太郎少時即展現美食家意志。十三歲小學畢業後進入股票營業所工作，聽同事提起銀座資生堂茶室的雞肉飯銀器盛皿精緻非凡，便不惜花費六十錢前去享用，儘管當時他的月薪僅僅五圓。

後來每當他存錢若干，便上資生堂茶室大快朵頤一番。爲他點菜的是同齡侍應生山田，山田介紹池波啖奶油焗烤、啖牛肉可樂餅，兩人逐漸建立起了友誼；第三年耶誕夜，少年池波拿出岩波文庫《長腳叔叔》說是送給山田的耶誕禮物，少年山田收下禮物後，說：我也有。把一只細長包裹交給了池波，打開一看，是一瓶青春痘美容水。少年間的情誼清澈、透明、純粹彷彿無菌室裡培養出來的，我讀著讀著，眼眶有一瞬潮潤。後來山田當海軍去，與池波見過一次面後，兩人從此失去了聯繫。

讀著池波正太郎飲食故事的同時，手邊另準備了一本攝影集對照，封面用的是神田万惣的鬆餅寫眞，蜂蜜淋在鬆餅上，浸潤的同時正緩緩流淌眞令人垂涎，那是池波在

父母離異後，每三個月與父親相會，父親同他去看過電影後的歸途上，帶池波去吃的。直至晚年，池波還常光顧万惣。

有記憶的滋味最美；我想起桃酥，還有雞蛋糕。

竹圍仔到處都有，我的竹圍仔位於彰化和美。和美雖是小鎮，卻有兩樣名產行銷全世界，一是和美織仔，二是幾次在戲院看好萊塢電影嘲謔的Made in Taiwan的雨傘。我的堂姊妹們多半都曾在紡織廠待過，三年五年甚至十幾二十年青春消磨在滿布棉絮纖維、嘈雜不堪環境裡；而我則趕上了一九八○年代客廳即工廠的浪潮，課餘除了短暫冶遊，時間多半消耗在雨傘代工，指甲縫有洗不去的髒污。

傘工廠叔叔開著小發財車將半成品一捆又一捆運來加工後，又載往下一條生產線；那些半成品頗有些重量，但自大門到裡屋還有一座稻埕的距離須徒手搬運，還好每當那名矮個子、結實，滿臉堆笑的叔叔的小發財一靠大門邊，一個個孩子便自三合院一扇扇門後現身幫忙；很快地卸完貨後，叔叔會從駕駛座旁拿出一袋桃酥，一人一片。對慣於吸吮黃橄欖紅橄欖肉桂片，偶爾才有一顆白脫糖含嘴中久久捨不得吞下的鄉下孩子我來說，桃酥可是一份大禮物呢。

十八歲出門遠行，有時經過羅斯福路、辛亥路口附近萊陽桃酥，玻璃櫃裡有一大落一大落桃酥，我駐足看了又看還吞吞口水，終究沒進店裡交關過；我很明白，再怎樣

高明的師傅都不如時間這名大廚所調出的記憶的味道。

　　就比如說吧，目下市面綠豆椪的餡料質感細緻口感綿滑，但我每一剝開看到這款餡料後，仍不免感到又是一場失望，若身邊有人也就隨手遞出；我在尋找而不可得的是黃色顆粒內餡、口感稍粗，不那麼甜膩的童年的綠豆椪，一個紅色圓圈蓋在白色餅皮上。

　　童年畢竟是無法複製的。

　　中學時一個傍晚我與六嬸在灶腳，屋外有小發財車放送著錄音帶，麵包，來買麵包喔。我突然對六嬸說，今天是我的生日。家裡任誰都沒過過生日，六嬸愣了愣才回我：喔，這樣啊。隨後掏出一張十元紅色紙鈔，去買個麵包吧她又說。

　　我高高興興地向餐車買了個雞蛋糕。那一個不及手掌大小的海綿蛋糕，鬆鬆軟軟，比起常吃的炸彈、蔥花等口味，是最接近我所想像的生日蛋糕的形象。

　　將五元找錢還給六嬸，我把雞蛋糕掰成兩半，一半遞給六嬸，你自己吃就好六嬸說，我堅持，六嬸遂輕輕咬下一小口：剩下的你吃，今天是你的生日啊。她摩摩我的頭。紅毛土上有夕陽透過窗櫺投射出的一格格金色光輝。

作者簡介

　　王盛弘，彰化出生、台北出沒，寫散文、編報紙，著迷於文學、藝術、旅行、植物，曾獲金鼎獎、時報文學獎、林榮三文學獎、梁實秋文學獎等。2002年以「三稜鏡」創作計畫獲台北文學寫作年金，後擴充為三部曲，同心圓一般地，自外圍而核心，2006年推出以11個符號刻畫海外行旅見聞與感思的《慢慢走》，2008年出版描敘台北履痕與心路的《關鍵字：台北》，《大風吹：台灣童年》為此一計畫的壓軸，凝視十八歲出門遠行前的童少時光。另著有散文集《一隻男人》、《十三座城市》、《花都開好了》等書。

導讀

　　〈大風吹〉收錄於《大風吹：台灣童年》，作者從童年故鄉的爆米香的聲音和氣味寫起，連結台灣民間普遍常見的吃食，例如：麵茶鍋巴和豬油粕，召喚關於台灣的味道記憶；然後轉場到日本作家池波正太郎，以及其童幼時與友伴間關於食物的記憶，最後回到彰化和美，作者回味不盡的桃酥、肉桂片、綠豆椪和雞蛋糕，作者溫柔又細緻地構成了當時台灣孩童的零食記憶地圖。

故鄉。故事。

劉枝蓮

　　我喜歡《閩志》中以「地名長樂，居者安之」這樣記載長樂，人生有什麼比「居者安之」重要呢？長樂有十八個鄉鎮，「潭頭鎮」位居閩江口南岸，鄰靠金峰、航城、猴嶼、文嶺，是獨攬大山、扼住大江、挽入大海，與馬尾是一水之隔。「馬尾區」是馬祖和大陸「小三通」口岸，目前與馬祖往來頻繁，每天都有固定航班。我為什麼要這麼細細描繪這地理位置呢？因為父母在意，只要在意就是再細微的事，也變重要了。媽媽為我們上的人生第一堂課，便是「我是潭頭人，阿公宜忠，阿嬤麥妹……」；或許是經歷動盪的年代，爸媽怕是我們失散，如是教著我，記住原鄉。

　　父親劉依清（原名增清）一九二一出生在長樂市——潭頭鎮的文石村。嚴格說來，劉氏宗族是居住長樂潭頭鎮。我的曾祖父創業有成，發了小財，便在文石村蓋起房子，舉家遷徙到文石村。曾祖父蓋的宅第是濱海式建築——石牆屋瓦、天井、三進門傳統元素。我愛看建築，尤其偏愛老建築，劉氏潭頭鎮上祠堂，便是我每次返

鄉必到的地方。劉氏祠堂牆上的浮雕，刻有二十四孝以及戲曲詩詞中的人物，那些勸人為善浮雕下方，拓印著我家人的名字，劉氏門樓房以奏公十一世裔孫，從潭頭出發。

父親總說，在家鄉時間太少了。

一九三八年，十七歲的父親隻身來到馬祖島，遇到生命中貴人──曹氏家族。曹氏家族由福建長樂來馬祖定居、討海為生已經第三代了。當時島上漁業採集，多以家族為單位，像父親隻身者，以「依親」（投靠？）呼之，以曹氏家族為眾的牛角村，就有三位名為「依清」者，賴於生活所逼，成了無奈。一九四六年父親與曹氏家族長女結婚，生兒育女，成家立業，從討海人，從建新號漁船，從漁產加工，從馬祖公車處，從中壢漁產加工社，到馬祖一號漁船，時間跌坐在海浪呼喊中，父親走過風華正茂歲月。在這兒，迎接新生命誕生；在這兒，種下一棟棟房子。這兒有原鄉潭頭鎮路過海水，這兒有福建濱海房子型式，這兒飛過的候鳥都帶有文石村風沙。更重要的是，父親在這兒生活了四十年，四鄉五島，每寸土地他都踩踏過，東引捕黃魚、莒光秤蝦皮……這兒居住的每個人，都是父的親戚，都是父親的朋友，也是父親精神上的家人。

「這裡是我的故鄉」──父親說。

母親說她從沒想到，有一天，她會搭上補給艦，跨過暗潮洶湧的黑水溝，來到幾代馬祖人沒聽過的臺灣。是

呀，我的母親除了那年生病，被抬著送到臺灣就醫外，總看到她忙碌身影，從來就沒見她離開過村莊。就在一九七八年，媽媽生活疆界被打破了，小弟國中畢業，赴台就學的那個暑假，爸爸決定全家遷居臺灣。對當時馬祖遷徙潮來說，我們全家遷台算是初晚期。嚴格說來，也只是媽媽與弟弟帶著家中供奉祖先神位，離開島嶼，算是搬家吧！其他家庭成員為了求學，早已離開多年，包括我。

　　人生隨緣，因緣流轉。初到臺灣，父親安排一家人落居桃園大湳。以市場為生活圈的大湳，有如台灣人移居琉球八重山，聽得到馬祖鄉音，魚丸、魚麵、紅糟饅……逢年過節，馬祖粽、落歲飯、冬至搓丸……連牛角牛峰境五位靈公也分身落居這兒了。一九七九年全家遷居中永和，中永和成了父母新天地，我們在那兒出嫁，弟弟在那兒娶親，父親與我們一起迎接新世代生命喜悅，我們在這兒與父親對坐，聚散起滅在這兒發生，時間長河不斷扮演「蝴蝶效應」，我們羽翼輕輕一拍打，竟埋伏了晚年父母狂風暴雨如晦。父親決定，將自己永生安厝在中和寶山之巔，這裡冬天無風夏季濕熱，海浪故鄉在夢裡。屈指一算，在臺灣島上生活了四十年。

　　父親說：「家人在那兒，故鄉就在那兒」。

　　「我們生命的『今天』乃是過去延續，倘不時回顧，『今天』的我即不具意義。」愛沙尼亞紀錄片老導演法蘭克・赫斯這般說。因此，追憶絕非無意義，過去其實

不會出走或走出去。翻開馬祖百年走過歲月，我們無法切割大環境背景、民情風俗、集體傷痕、以及迫於生存的出走與遷徙。生爲一名馬祖人，父親的女兒，總想在時間之河裡，截取一段逝水，然後透過語言文字，說過去發生的一些什麼事。

然而，記憶有如海浪不斷傾蝕沙堆上的城堡，不斷坍塌，或著說不斷雕塑出各種不同狀態，於是我們無法關注剩餘，或者鉅細靡遺復原，而是關注侵蝕過程中的輪廓，透過不斷回到過去，讓消失邊界越來越立體，如此而已。

談過去，追憶過去，其實是爲了尋找自己，我是這麼想。

作者簡介

劉枝蓮，出生馬祖。國立台北大學法學碩士，曾任大學講師，現任公職。喜歡登山、慢跑、讀書和旅行。著有《天空下的眼睛——我的家族與島嶼故事》、《我詩我島》（詩集）。曾獲2017國史館臺灣文獻館獎勵。

導讀

劉枝蓮的創作時間不長，但文字深刻明朗，筆鋒如同報導文學般深刻畫出土地與人的故事，在現實與理想之間我們可以看到作家描述的各世

代人們之間的困頓、理想與掙扎皆躍然於紙上。生命儘管不斷在潮流中遷徙，但在駐點上回望，故鄉來時路在記憶裡只會愈來愈清晰。來自馬祖的感召與想望，促成家族拼圖一塊塊呈顯出來，儘管離開土地，心之所嚮就是故鄉。

夢外

　　我始終有個記憶，約莫五歲的時候，我和弟弟站在老家三樓的陽台上，晚飯後我們攀在陽台欄杆的雕花洞口往下看，下面的行人走來走去。我和弟弟總是這麼往下望，孩童生活總是從洞口往外望或往下看。孩子的生活不著地，也不允許著地，只是寂寞地張望。

　　我忘了究竟是誰說，如果狗狗從我們這裡往下掉，會是什麼樣子。我們如果從這裡掉下去，會是什麼樣子。

　　我和弟弟把小狗抱起來，從陽台丟了下去，睜著眼從上面看。

　　我的奶奶在一樓，抬頭對著三樓陽台的我和我弟看，我奶奶很瘦小，我和我弟弟喜歡她。我和弟弟不明所以，從三樓上頭向下揮手大聲喊著奶奶、奶奶。

　　我記得奶奶用格子舊衣抱著小狗爬上樓梯，小狗旁還有一顆紅色蘋果。小狗張著圓大的眼睛，軟軟的身體任由奶奶抱著。

　　奶奶說：「你們兩個搞什麼，還好狗狗命大，從三樓掉下去還完整無事。」奶奶說，隔壁的鄰居給了她一顆蘋

果。

　　我一直記得這件事，在我比較懂事之後，明白自己當初做了什麼事後，深深覺得，那份無知闖禍但沒造成災難的幸運，代表著我的人生根本上應該是受祝福的。日後我遭受不幸或冤枉時，都覺得這些痛苦有朝一日會過去，總有一天會有人懂得我的清白，時間站在我這邊，因為那樣神奇美麗的幸運曾經發生在我身上。

　　不過半生多數的時間我晃晃蕩蕩，同伴立志向學想當學者舞者官員醫生的，我都沒有感受，像是永恆的局外人，看著局內和大家一起上學考試總是半夢半醒的自己，過著明明是自己人生卻又不是自己的人生的時間。有一次我看到一個科學紀錄片，舉證各種實驗數據，說明這世界上有些人的腦子裡，夢與現實分界，那個界面不是那麼明顯。我想我腦子裡那個界面也許也不太明顯，或是本來有個清楚的界面卻破了很多洞，這邊流到那頭，那邊的又溢到此處。

　　有幾個像夢和現實交界處的影片不時來找我。新北市某個老舊山莊社區，在陽光露臉呼吸卻充滿灰塵粒子的情境中，我在這裡一次次反覆地迷了路。那個老社區是我少女時期的同學的母親居住之處。久久未聯絡的同學突然出現，告訴我她要出嫁，希望我擔任伴嫁。她有天生的金紅色頭髮，父母早早分開，她隨父親住，但與父親關係惡劣，一上了大學就離家。多年後出嫁，選了母親處當作出嫁的娘家，要我一早到那邊陪新娘出閣。

爲了配合吉時，我一早按著地圖，邊摸邊開地到了那社區，在破敗社區上坡道路中繞來繞去，終於找到了同學母親的住處。新娘的哥哥與母親在整個家庭的尷尬中，找話想要說卻總是搭不上，而新娘意識到自己是主角，叨絮數落這要求那，反而讓場面熱了點。吉時到我隨她上了禮車，開往到台北市區的飯店，晚上宴客之處。幾小時後她的一位遠房親戚開車送我回她母親住所，我的車仍停在那裡，我又開自己的車回到市區她將宴客的飯店。

　　那個老社區就此來回拜訪我的夢境，我總是在陽光彷彿末日黯淡灰塵粒子一顆顆入侵呼吸道的感官狀態下，一次次夜間重回。沒有同學，沒有婚禮，沒有別人的母親與親戚，我只是在那社區的路上一次次困住。我也許多次夢見自己在另一家五星級飯店的地下一樓，搭乘向上的電梯就要離開，電梯門開了眼前卻是古老荒山，妖氣迎面而來。我喘著氣要找回到人世之路，同時又要躲避那股眼睛看不見卻明白感受到的殺意正在謀害迫近。我一次次找路想回到豪華飯店的地下一樓，那個電梯口，那個這團恐懼混沌的起始之處。有時候莫名其妙地我找到路徑回到了飯店電梯，進了電梯覺得就可以回到大量電器消耗資源將人間照得四處光光亮亮的都市，怎知搭了電梯門開了卻又回到可怕荒山。也有更多次，我根本找不到那彷彿時空交錯入口處的飯店電梯口可回歸。

　　那些顫抖、冷汗、驚叫、恐懼，是那麼清楚，清楚明白到我半夢半醒之間止不住啜泣。其實那個名叫玫瑰的老

社區我再也沒去過，不過那個會讓我錯入異時空險境的飯店，偶爾有人仍約我去吃飯。我經過那富麗的大廳走廊時，有時生出不小心就會被某個祕密洞穴吸入的憂慮，我也總有一種隔世恍惚之慨：啊在別人不知道的時候，我在這裡瀕死過好多次了。這是夢嗎？那反反覆覆清清楚楚一直上演的故事，那在我皮膚爬行在內臟攪動的身體感受，那樣真實，真實到連我都不知道能不能稱之為夢。

後來還有一次在夢中，我和我弟去投宿旅館，位置是復興南路，不過現實中的復興南路那位置根本沒有旅館。我們在夜半進入，旅館的人說只剩下一間大房，好奇怪我們在旅館櫃台要房間談價錢時，我認識的一對夫婦朋友彷彿本來就和我同行似地，默默現身，幫我們向那一臉嚴肅穿著黑西裝的夜班經理，要到僅存的那間大房。要到房間之後，那對夫妻不知道什麼時候又消失了。

那間大房的格局非常不規則，彷彿透過折射鏡一樣的歪斜，平瘋混著消毒水氣味的空調送風，好大的房間只有一張手術台似的床。我弟說床給我睡，他睡另一端的沙發。我太累了便合手閉眼，夜半一切就開始了。好幾隻黑色屬鬼圍著我的床飛似地繞圈圈，有如旋風包圍。我半醒半夢的嗚咽，天快亮時我終於掙扎著下床喊我弟，我弟一臉沉穩倏地化為俠客，手伸出便成為利劍，殺死繞床迴旋的鬼。我們開始夜間大奔逃，經過櫃台時我向那櫃台夜班男人出聲警告，房中有鬼，那男人突然也變成鬼，然後整個大廳的鬼都湧出來了，發出嗚嗚隆隆的聲音，疊著無數

吶喊的回音。

　　我和我弟往外奔，逃到復興南路上，卻發現整個世界的屬鬼一時全都出動，要攻占這人類城市，全世界發出陣痛耳膜的魅喊呼喚，還有眾鬼翅膀振動的空氣波動。他們的速度比我們快得多，我弟覺得這樣子是逃不了的，要我躲在騎樓柱子後，緊緊抱住，不管發生什麼事都不可以鬆手。我弟吩咐完便回頭朝來時路衝，拿出利劍往前殺鬼，在黑氣中劃出一道光，他一路往前去了。

　　我聽到空氣中的劇烈震動全化成高頻尖叫，鬼在施虐在鬥，鬼被殺害而後開始哭泣，漩渦狀氣體如海嘯般要將路上一切都捲走。我緊緊抱住柱子，就要失去知覺前，一切都停了。我弟殺了群鬼後，默默出現在復興南路上，我從柱子後看著他長滿青春痘的臉，浩劫過後，盛氣漸褪，變回那個不起眼的理工宅，天逐漸亮了。

　　清明掃墓後我們全家吃飯，我笑問我弟是否還記得小時候我們把狗丟下樓，而小狗幸運地毫髮無傷存活，被奶奶撿回來。

　　我弟沒有表情。我又說了一次。

　　他繼續扒飯：「狗死了。你是不是記錯了，它掉下去之後就死了。」

作者簡介

　　李維菁（1969-2018），小說家，藝評人。著有小說集《我是許涼涼》、《老派約會之必要》，長篇小說《生活是甜蜜》、《人魚紀》，散文集《有型的豬小姐》，與Soupy合作繪本《罐頭pickle!》。藝術類創作包括《程式不當藝世代18》、《我是這樣想的——蔡國強》、《家族盒子：陳順築》等。

導讀

　　小說家李維菁的〈夢外〉收錄於《有型的豬小姐》，小說與散文的界線一直是文學研究的重要議題，〈夢外〉一文書寫夢境與現實間模糊與虛構的辯證關係，複雜地呈現了小說與散文的動態連結；文中那個在現實世界中迷路的「我」，不停被夢境中的景象異質般的介入干擾，甚至撼動現實世界的現象與因果關係，呈現一個充滿迷魅又帶著巨大疑問的生命情調，小說家調動想象力的力量，大規模地重新建構真實與虛構的意義。

列島散記

陳皓

每天清晨，我總是坐在這裡看海。

一樣的海潮，沒有驚濤駭浪的洶湧，也沒有因觸礁而激濺的浪花。然而卻是這般的甘於寧靜，誰能真正擁有這番心情呢？果真我也能有這般心境，寧願自己祇是這崖上的一株小草，就日夜地傾聽你潮來潮往的聲響吧。

初來這裡，心中總是想家的。但不知怎的？日子久了竟就不再想，反而多了一分心思來看海。當然我是明白的，自己所眷戀不僅是這遍海平，更是海水所隔離的故國山川，以及每次歸航必定泅經這片水域，那來自南方的補給船。所以，不僅是清晨，黃昏我也總是坐在這裡·靜靜地望海。

道路向前伸展，只有上坡沒有下坡。

這裡回碉堡，還要半個多鐘頭的路程，頗不算短。路旁的相思木，此時都已在夜色中掩去。我已不再忙於趕路。月色現在才出來。我不僅要傾聽夜晚的潮響，也要聽聽夜色的呼吸。

據說，近些日子這裡是頗不平靜的。我想，這泰半也

是由於那個音息傳來，所以起的情緒激盪吧！我默默告訴自己：越到最後關頭，越要堅持到底。

依舊向前伸展，只有下坡沒有上坡。

儘管到了三月，這裡的天氣仍是透著寒冬的冷冽，尤其在這寒寒星夜，你是感覺不出冷的味道的。大伙整裝出發，踩著林蔭間曳下的光影。一步跟著一步。我走在隊伍中間，距離尖兵已是很遠的了。心裡不祇盼望溫暖的床，也想望故鄉勾著皺紋的容顏。

我們已再次來到這個村落。第一次到這裡，也是這樣子走來的，離現在都已經快有半年了。這裡有個頗大的空地，剛好可以讓我們歇腳。空地上還散落著幾張破舊的漁網，像這樣淒涼涼的深夜，坐在這裡心中不禁要毛毛悚動。可是，夥伴們早已七橫八豎，有的更大模大樣地啃起乾糧。這兒離海不遠，隱約還可聽到潮聲。躺在空地的角落裡，臥擁星辰不是很美的嗎？只是在這他鄉的深夜，不免微感悽愴。

我們又走了。這次離尖兵更遠，據說·走在後邊可以自在些。雖然還是一步跟著一步，但是可以隨意地哼些小曲，可以想想年輕的韻事……。

霧起了。身體已停下來，而腳步似乎依舊在向前跨去。現在只想躺到溫暖的被窩裡，去眷戀一場南城的舊事了。

午后，站立碉堡上面，可以眺望更遠的地方。

老兵也總在午後帶著小白上來。小白是一隻既調皮又

可愛的狗。據說，牠是此地唯一領有薪俸的土狗。想來定然有段不凡的過去吧！只是現在誰也不明白牠的來歷了。然而，牠彷彿也如老兵一樣，蒼老中透著智慧，有歲月激流的豪邁與堅毅。於是，站在他們身旁，宛然自己也會不自主地卑微下去了。

老兵是一個勇敢的老戰士，從他的身上，我好像可以見到許多影子的晃動奔竄，這使我聯想起當年的他，是怎樣在那遍土地上奔波著的呢？他告訴我許多古老的故事。但是我無法猜透，他臉上的皺紋到底交纏著多少這樣精采的傳奇呢？許是不必知道這些的，然而從這斑駁歲月走過的身影裡，我卻能斷然地肯定一些價值。至少我相信這老人所說的話是錯不了的。我也堅信：假若我們不能成功，誰會肯定我們的存在意義呢？不成功便成仁，我相信是的。

聽訓回來，腦裡仍舊繚繞著不去的餘音，許多固執著的理念，就在心中交纏掙扎著。也許世事本來就無對錯可言的，否則，誰是永恆的是非呢？既沒有永遠的錯，當然也不會有永遠的對。所以，也不會有價值的問題，存在的一切，祇是應該與不應該而已。

現在感覺自己好像還站在廣場聽訓一樣。那堅實的聲音，依然是不停地迴盪。而我又想起老兵說過的那句話：只有真正上過戰場，你才會明白生死的意義。

總覺得他是很可憐的。

那駝背的老人實在也很是蒼老。但班長告誡過我，對他得防著點。我總不在意。然而就在今天他被捕了。忽然覺得：有時對一個人同情是要付出代價的。對他是可悲，對我卻是殘忍的。可是，我仍舊覺得他可憐。

阿美回來了。

我聽說她是打南方來的，所以特地跑來探聽南方的音息。她說，南方現在是夏天了，很熱，還是故鄉好。我想是的，還是故鄉好，這兒太涼了。

留連是不是一種美呢？

有時要等一切都結束了，等所有該過去的，都成為過去，而你會明白：對一件事做抉擇，是需要勇氣的。然後，你還可能會告訴自己：留連與離去原是同等值的付出。

北斗，左絃上昇。

此刻我就站在甲板上，海是很遼闊的，島的背影已逐漸遠去了。夥伴們還留上面，而我正逐步遠離，正站在這遍望南方而去的水域上。風依然是很大的。我只有把滿懷的祝福寄給風了。我想，你們會明瞭的，是吧！

星光漸漸地淡褪了。陸地又移了過來。為何竟是愈近心中就愈發惶然？這就是朝夕想望的雨港嗎？心情又虛浮起來。覺得一切竟是這般的不真實，這就是在留連與離去間，痛下抉擇的結果嗎？

又想起老兵說過的故事。蛇島上的英雄？永遠是等待憑悼的。現在我更堅信，在那塊土地上的好漢，是無所謂

寂寞的。生命對他們而言，不是以價值來衡量的。生命即
是付出後的肯定。我深信。

作者簡介

　　陳皓，新北市人，台北教育大學台文所碩士。曾任《薪火詩
刊》、《鳴蛹季刊》與《野薑花詩刊》主編，現為專職空間設計師，
出版、策展人、「小雅文創」總編輯。詩作曾獲「新北文學獎新詩首
獎」、「兩岸漂母杯文學獎」、「枋橋藝文獎」等。著有詩集《在那裡
遇見寂寞》（秀威，2010）、《空間筆記》（小雅文創，2018）。與
陳謙共同編著《臺灣1960世代詩人詩選》（小雅文創，2014）、《臺
灣1950世代詩人詩選》（小雅文創，2016）等。

導讀

　　詩人陳皓詩作溫柔敦厚，散文亦有詩風餘響。發表於1985年的列島
散記，寫的是作者於解嚴前於馬祖南竿服義務役時的經驗與體會。作為四
鄉五島之一的南竿其實是馬祖的政經中心，解嚴前雖戰火平息，但空氣中
仍存有歷史留下的煙硝遺韻。作者以浪漫以初心環顧軍事陣地，乍看著實
突兀，但敏於觀察人情故事的筆觸，並不時回顧內心所繫念故鄉的文字，
讀來異覺真摯。

卷下

生活實際／自然之歌詠

秋殤

為一九九九年九二一震災而作

簡媜

　　如今，您們躺下。在自己的家，自己的鄉，自己的國土裡。一九九九年九月二十一日丑時，星月交輝、微風吹撫，甫過最喜氣的九月十九，離月餅與柚子的節慶只剩三日，而您們竟然躺下。

　　如果壓在您們身上的是柔軟的被褥而不是磚牆，我們的痛苦，會輕一點。如果包圍您們的是花朵而不是瓦礫，我們的眼淚會少一些。如果鞭打您們的是柳條而不是鋼筋，我們的愧疚會短一點。如果親吻您們的是陽光而不是永恆的黑暗、如果在您們耳邊誦唱的是天使的詩歌而不是圓鍬十字鎬挖土機，我們的心不會那麼痛。如果奮力挖掘即使十指流血亦不停止，猶能將您們摟抱入懷，聽您們喚過家人名字、說完每一椿遺願再走，那麼我們的恨不會這麼地深。

　　婆娑之洋啊美麗之島，那夜竟無一位神眷顧原應靜美的秋夜，無一神守護善良子民的睡夢，任憑地底魔力搖撼這小小島國如摧殘汪洋裡的一葉扁舟。

那夜強震襲來，睡與醒之間的距離僅容一粒砂。彷彿有千百支縫衣針刺向背脊，人從床上驚跳而起，覺察到前所未有的搖撼，如一位瘋子掐你頸項死命地搖，無邊際的黑暗令人驚悚，顧不得巨大的聲響在耳畔威嚇，顧不得自身安危，一心一意呼喊親人的名字，摟抱同床共枕者或奔向另一個房間欲保護家人——時間在此凝固，永遠地封鎖了。

所以我們這些倖存者，帶著戀戀不捨與無法停止的淚水迎者天光誦唸報紙上刊載的死亡名單——沒有一個名字是我熟識的，但也沒有一個字是我不認識的。陳姓一家五口、李姓夫婦二人、簡姓親族二十九人、林姓兄弟兩家共十一口、黃姓王姓吳姓、莊園社區部落……。長長的名單是神的恩典還是惡魔的饗宴？這名單上的人何罪之有？不過是務農的阿公阿嬤、做生意的小商人、行船捕魚男子漢、採茶賣菜婦人、背書包上學的五歲、六歲、七歲兒童！他們離權力還有一段遙遠距離，亦無勢力勾結官商，更無實力與黑金共舞、吸食土地與人民的精髓永不饜足。他們只是大地上憨厚傻氣的人民，信任政府、信仰天，以為用選票選出來的應該都是清官賢吏；以為平生不做虧心事，應得佛祖菩薩保佑。

「天道無親，常與善人」是句謊言。為什麼斷垣殘壁不壓貪官、汙吏？為什麼鋼筋鐵條不困土豪、劣紳？為什麼哀哀欲絕的總是手無寸鐵的布衣平民而不是高高在上、不問民間疾苦、不管他人死活的政治敗類呢？

難道這小小島國必須藉生離死別的痛苦才得以壯大、獻上血祭才能福祚綿延？難道唯有在台灣最美麗的心腹之地涵育的最善良子民才能為這座日益喪失正義與理想、沉溺於貪婪與罪惡的孤島做「救贖」，才能讓這島醒過來，看看自己雙手沾的是什麼？摸一摸自己的心口還剩什麼？

　　若如此，您們——兩千多位平凡百姓便是這一場大自然戰役裡的戰士！是換取我們走向正確之路的英魂。您們躺下，供我們踩者您們的身體牢牢地站好；您們躺下，把殘破的家園交給我們，讓我們有機會回憶這島嶼命脈是從災難與流離之中開始的，回憶數百年來，哪一次不是緊咬著孤獨與無助把日子過下去，哪一次不是一無所有卻終能白手起家！

　　魂兮歸來！我們最親愛的父老、戀戀不捨的鄉親！我們將搬移壓在您們身上的磚牆如同搬移邪惡，剪除圍困您們的鋼筋鐵條如同剪除不義，還您們一身潔淨如同修復我們自身的心靈。

　　魂兮歸來！請您們從今以後守護這島，做我們永不倒塌的靈魂樑柱！當諸神離席的暗夜，我們亦不恐不懼，因為抬頭便能望見兩千多顆星子，陪伴我們直到陽光降臨。

　　一九九九年中秋團圓因您們遠離而空缺，這被沒收的時間我們要一分一秒地討回。請與我們訂約，您們當中身體強壯的，要記得攙扶每一位老人家、照顧每一個懷孕

婦女、牽好每一位孩童、抱緊每一個嬰兒，不管路途多遠，要回到婆娑之洋美麗之島，回到福爾摩沙。

　　浩浩蕩蕩，魂兮歸來！在每一個月圓的秋夜，一起回家。

作者簡介

　　簡媜，宜蘭人，台大中文系畢業，現專事寫作。曾獲中國文藝協會散文創作類文藝獎章、梁實秋文學獎、吳魯芹散文獎、中國時報散文獎首獎。著有《水問》、《只緣身在此山中》、《月娘照眠床》、《私房書》、《下午茶》、《夢遊書》、《胭脂盆地》、《女兒紅》、《紅嬰仔》、《天涯海角——福爾摩沙抒情誌》、《好一座浮島》、《微暈的樹林》、《老師的十二樣見面禮》、《吃朋友》等。

導讀

　　簡媜在台灣文學的散文寫作傳統中，絕對是一個大寫的作者，〈為一九九九年九二一震災而作〉收錄於《天涯海角：福爾摩沙抒情誌》，是為九二一震災而寫的鎮魂作品，一九九九年發生於南投的九二一大地震，對台灣社會來說是一段充滿傷痛的記憶，簡媜溫柔細緻的文字風格，在此暫時轉變為帶有對天地不仁的控訴和對人為作孽憤怒的模樣，而這樣的書寫姿態，也顯現出一個追尋母親台灣身世的人，沉痛的記錄和記憶。

銀色鐵蒺藜

林文義

一

全副武裝的鎮暴部隊,由於歸建的急促口令,奔跑到某一定點,然後集結,手裡鋁質的防暴盾牌及棒子不經意的相互碰撞,發出刺耳而沉甸的聲音。

年輕的孩子,膠盔下一張張漂亮而純真的臉,防毒面具及手提的瓦斯槍;不理會與他們面對面試圖與之攀談的群眾,兩眼平視著前方,茫然又迷惑。鐵蒺藜拒馬緊密的橫在部隊與群眾之間,狹小的緩衝地帶,兩尺之隔,十分接近卻又似乎無限的遙遠。

夜已經深了,這群年輕的孩子似乎都十分疲乏了,那一部部龐然大物的,窗子、輪胎覆著防護鐵網的鎮暴車將他們帶回去,或許熱呼呼的飯食、麵疙瘩正在等待他們。半蹲在一堆木箱子旁的警校生,微垂著頭,偷偷的打個哈欠,木箱裡還裝滿著催淚瓦斯,還好沒有用得上。

他們開始在收蛇籠鐵蒺藜,群眾好奇的用手指去試探鐵蒺藜的尖銳,用最精粹的白金屬,作成兩側倒刺的巨大

的殺傷力。用這個來對付自己手無寸鐵的同胞嗎？群眾裡有人大聲的對他們質問，他們默默無言，只是盡職的繼續收著那一圈圈尖銳的鐵蒺藜。

他們很沉默，鐵蒺藜也很沉默。午後就被攤開在這繁華、繽紛的鬧區十字路口，夜深了，鐵蒺藜和鎮暴部隊一樣，完成了他們的任務，被攤開的鐵蒺藜一定也很疲倦。

沉默的鎮暴部隊，沉默的夜色，沉默的鐵蒺藜。

二

梅雨季節，午後盆地的天色就悲愁了起來，濕濡的雨水不斷的落下。鐵蒺藜冷冷的隔開了抗議群眾與鎮暴部隊，愈來愈急驟的雨水會不會讓劍拔弩張的雙方冷靜一點？

被鐵蒺藜、鎮暴部隊團團圍困的國父紀念館右側的小學校奉令停課半天。穿著黃色雨衣，撐著傘，背著書包回家的孩子，睜著一雙充滿困惑的眼睛，看著紀念館前那些嘶聲力竭的反對黨，在濕濡的雨水中叫著口號，孩子們不懂。再回過頭來，所有的路口、巷道都被全副武裝的憲警包圍，銀色的盾牌、黑色的棒子，森冷、毫無表情的臉孔，前面是拒馬，是孩子們從未見過的鐵蒺藜。

老師慌忙的帶著孩子，慢跑的越過馬路，一再囑咐孩子們快快回家。一個五年級的女孩問著老師——為什麼

會這樣？老師回答說──那是大人們的事，小孩子不要問。女孩帶著滿心的問號，跟著同學排隊回家，一邊疑惑不解的頻頻回首；回家去問爸媽，看看他們怎麼回答？

大人們的事，小孩子不要問。大人們總是這樣對孩子說。而孩子有一天會成長為大人，慢慢的，他們會了解許多事情的真相；只要心有良知，聰明的孩子不會被蒙蔽。而當他們發現事實，以後再也不會相信那些被蓄意粉飾過的謊言。能夠欺瞞他們一時，無法矇騙他們一生。

所有的路口都被封鎖了。一個最晚走出校門的孩子怯怯的沿著鐵蒺藜的邊緣徘徊，他找不到出去的路，焦慮得幾乎要哭出來。叔叔，讓我過去好嗎？我要回家。孩子對著鐵蒺藜那端的鎮暴部隊說。一張張泥雕木塑般，與鐵蒺藜金屬一樣森冷的臉，沒有答話；孩子哭出來了──叔叔，我要過去……。群眾聚了過來，鎮暴部隊那端也走過來幾個高階的警官，一個晚報的攝影記者將哭泣的孩子抱高，傳遞過鐵蒺藜，那端的警官接了過去，群眾紛紛鼓掌。

孩子終於越過鐵蒺藜，在雨中漸去漸遠，還不時頻頻回首，驚悸甫定的眸裡，記載著一圈又一圈的鐵蒺藜。

三

頭繫綠巾，手持綠旗的反對黨黨員開始移動他們排列整齊的隊伍。他們的領導人手牽著手，在愈來愈急驟的雨

中站在最前端，向前邁進。一架警用直昇機在森林般的大樓頂端迴旋去回，沉沉的引擎聲撞擊在大樓堅硬的牆間又猛烈反射回來，倍增壓迫感。

讓我們遊行，打開你們的鐵蒺藜！我們是和平的示威，你們不能阻止我們前進。反對黨的行動總指揮對著鐵蒺藜那端的鎮暴部隊大聲的說。首都警察局長強硬的拒絕並且命令遊行隊伍立刻解散，卻遭遇到巨大而激越的杯葛叫聲。雨水不斷打在鐵蒺藜上，尖銳的倒刺上雨珠閃熠生寒。

他們就地開始演講，嚴厲而激烈的批評執政黨的戒嚴令及銅牆鐵壁般的封鎖網。演講間歇，就領導他們的追隨者大聲的呼口號、唱歌。一個戴著呢絨鴨舌帽的中年男子遠遠的站在大廈的騎樓下，深鬱的雙眼噙著一泡隱約的淚光；可以感覺出他強按捺住內心的波濤，似乎是心酸又似乎有著某種沉重的安慰。一九七九年冬天，在南島的港都，他站在演講臺上，激越的批評時政、針砭執政黨，而幾個小時之後，竟演變成一樁臺灣近年來最令人痛心的悲劇……。

而當他從牢獄裡出來，似乎一切都變遷了許多；似乎在外貌上蒼老了，心裡是不是也覆滿了塵埃？也是一種無奈而黯然的人生啊。他遠遠的遙望著演講臺上一個年輕英俊的牧師，彷彿酷似當年意氣昂揚的自己；那時許下諾言，要為這塊受難的島嶼背負十字架，要為這片美麗的大地奉獻一個知識分子的良知與熱情……。

那個年輕的牧師說——我們來為遠在海外，無法返鄉的臺灣人唱一首歌，這首歌叫做：黃昏的故鄉。大家一起來唱啊。在大雨中，群眾真的大聲的唱，賣力的唱，他也跟著唱，眼淚無法忍抑的，沿著削瘦的臉頰流了下來——彼邊山，彼條溪水，永遠抱咱的夢……。他唱著，想著：是啊，永遠抱著咱的夢，為的是自由、民主的追尋嗎？抬起頭來，天色已暗，是向晚時分了。

四

雨落在所有的群眾頭上，落在鎮暴部隊的頭盔上，落在鐵蒺藜與刺網的拒馬上，懸著晶亮雨滴的鐵蒺藜似乎更明晰的呈露著那種銀光閃爍，倒刺的巨大殺傷力。

向晚時分，雨勢逐漸停歇了下來，路旁的商店彩色霓虹燈開始流麗的眨閃轉動，映射著銀白的鐵蒺藜，彷彿鐵蒺藜也成為向晚街景的一部分，顯出一種殘酷的異樣的美感；不知道它的倒刺碰到柔軟、脆弱的人體之時，是怎樣的切割、撕裂？沉默、銀色、冷酷的鐵蒺藜。

疲憊並且飢餓的群眾隨著逐漸幽暗的暮色，開始思索到重要的民生問題。市政府提供的流動廁所排滿了尿緊的男人，綠頭巾下的唇咬著青霧縷縷的香菸一閃一滅的菸頭星火，微弱的很，像遙長、坎坷的民主之路嗎？

兩家比鄰的漢堡專賣店擠滿了飢餓的人，新聞記者、反對黨黨員，將呈半癱瘓狀態的疲乏軀體靠在玻璃纖

維座椅上，狼吞虎嚥的將那些碎牛肉、酸黃瓜、奶酪全數塞進空蕩久矣的胃裡，好像是一具垃圾箱。

填滿肚子，繼續上街頭，抗議、示威。

鎮暴部隊似乎在鐵蒺藜外輪番吃晚飯，排骨、雞腿便當外加酵母乳。只有鐵蒺藜沒有飯吃，還是盡責的攤開在濕濡的路上，作一種緩衝；鐵蒺藜，它永遠不會飢餓。

賣烤香腸的男人將大碗收到爐下，飢餓讓人們沒有心情叫骰子；然後用快火烤著嗞嗞叫痛的香腸，旁邊幾十張飢饞的嘴在等著香腸果腹。

兩方依然對峙，隔開兩方的鐵蒺藜泛著冷冷的銀光。

五

他們繞著紀念館遊行，呼口號，然後在紀念館前面集結；群眾很多，卻覺得異常的孤寂，夜氣中透著水似的悲涼。紀念館一片幽暗，孫中山是否也有著深切的感慨呢？

反對黨黨員聚集在升旗臺前，將綠色的黨旗排列在一起，並且緊緊的相互依偎，一種命運的共生體。群眾則在百碼外，紀念館的飛簷之下，靜靜的遙看他們；天空無雨，一棟三十多層高的建築物正接近完工階段，在無邊的夜暗裡，頂樓醒目的幾串紅色燈號，是預防飛航器碰撞。竟然有幾顆疏星，冷冷的泛著微光。

他們宣佈要在紀念館前升上反對黨綠的黨旗。忽然紀念館的燈火大亮，他們大聲的唱歌，旗幟緩緩的上升，上升……很長很長的旗杆，彷似很長很長的民主之路。在雨後，五月中旬的夜裡，他們將旗幟升了上去。

　　領導人站在升旗臺上，用著激情的話語勉勵群眾，也似乎在勉勵自己；黑色、剪影般的軀體有力的擺動，背景是莊嚴、方正，燈火輝煌的國父紀念館，卻襯托著正在說話的領導人，那般孤寂、悲涼的感覺；彷彿一切都隨著逐漸幽暗下來的夜色，而呈露出一種憂傷、無奈的氛圍。

　　他們向群眾宣佈就地解散。群眾有些叫嚷著不依，他們婉言勸慰著，要群眾理性、冷靜的散去。群眾中有嘎嘎的無線電對講機偶爾響起的聲音，引來許多的冷肅而略帶怵意的眼神，那些搜證人員總算鬆了一口氣，慢慢的走離人群，帶著旋緊一天而終於鬆馳下來的疲憊笑意。

　　似乎，一場抗議的示威活動，有了圓滿的結束。

六

　　鐵蒺藜還是冷冷的守衛在那裡，鎮暴部隊也是。

　　群眾逐漸從交錯的巷道離去，他們將綠頭巾、綠臂章，收進旅行袋裡，要搭晚班的客運車回南島的鄉園。

　　鎮暴部隊還沒有接到撤防的命令，他們還是銅牆鐵壁般的站在鐵蒺藜後面，鐵蒺藜泛著冷冷的銀光，面對著逐漸散去的群眾，夜深沉，一切的對峙與激情都將過

去……。

　　終於，他們開始收起蛇籠鐵蒺藜，戴著厚厚的棉布手套，小心翼翼的抓捏著鐵蒺藜細長的銀色金屬體，從對街慢慢收捲過來。一個年輕、纖細的母親牽著幼穉、大約三歲大的小男孩，靜靜的看著部隊的歸建、集合，以及逐漸被收起的鐵蒺藜。

　　年輕的母親緊抿著嘴，小男孩好奇的用胖胖的小手要去碰觸尖銳的鐵蒺藜──不行！把手收回來！不行！會刺到！年輕的母親忽然焦急而憤怒的喝住孩子，並且把他很快的摟抱進懷裡，一臉驚懼卻又堅執的神色。

　　很多人看著這對母子，這對母子看著銀色的鐵蒺藜。

　　夜很深了，鎮暴部隊巨大的車隊在寂靜的街道轟然加速駛離，車前上端，紅色的警示燈亮燦若血，顯示著一種不可逼犯的威權。那對母子還是靜靜的站在路邊，目送著車隊逐一離去，然後轉身，逆方向的消失在茫茫夜色裡。

　　只留下幾輛等待拖走的，裝載著鐵蒺藜的牽曳車。

（一九八七年）

作者簡介

　　林文義，臺北市人，台灣名作家、漫畫家、政治評論者，國立臺灣藝術專科學校廣播電視科畢業，曾任《書評書目》總編輯、《陽光小

集》同仁、《文學家月刊》總編輯、《自立晚報》副刊組主編、電視節
目主持人、廣播節目主持人。十八歲就開始文學創作，以散文、漫畫、
小說知名於世，著有散文集《歡愛》、《迷走尋路》、《邊境之書》、
《歲時記》等。短篇小說集《鮭魚的故鄉》、《革命家的夜間生活》、
《妳的威尼斯》等。長篇小說集《北風之南》、《藍眼睛》、《流旅》
三冊。詩集《旅人與戀人》、《顏色的抵抗》二冊。主編《九十六年散
文選》等書。榮獲二〇一二台灣文學獎圖書類散文金典獎。二〇一四年
獲第三十七屆吳三連文學獎。

導讀

　　宋澤萊評論林文義是「美麗島事件之後，台灣文學最重要的散文家之
一」。散文風格能在現實裡反映悲憫苦難的生命情懷，譜寫生活現實，反
應政治與個人情懷。

　　〈銀色鐵蒺藜〉寫的是解嚴前台灣民主陣痛期的文學記錄，除卻記
錄觀點外，更重要的是悲天憫人的同情與同理心。文學記錄相對於新聞報
導多了一種作者主觀情懷的介入，正因為這種情懷，文字才有了人性的溫
度，才讓文學超越了報導文字的時效限制。

天然林的夜晚

王家祥

　　我不喜歡帶著燈火進入夜晚的森林中；我看得見夜晚的森林內部。有月光的時候，夜晚的森林非常清朗明亮，過多的燈光反而會妨礙我們看不見森林的內部，而把焦點集中在光線僅能照明的範圍，使我們錯失了許多精彩好戲。

　　夜晚的森林不需要太多的光線，你只需要鎮定誠懇地進入，解除對黑暗的成見，我們的視覺有無窮的潛力。我也盡量要求我的朋友或學員們熄掉手上的照明，他們原本對黑暗的恐懼無限，一時之間不願信任我的大膽。我告訴他們這是不同於一般夜遊的訓練，目的在開發我們失落已久的視覺潛力；相信我，你們平日習於被文明充足而方便的光照所蒙蔽，一直缺少機會真正去面對黑夜；況且黑夜並不是絕對的黑暗，即使在樹冠密覆的森林之中，也有機會遇見星月篩落的一點亮光；只要有一點點光亮，靈敏的雙眼便能啟動。假使天候不良，雲層籠罩，沒有月光或星子為伴，你也可以使用聽覺甚至嗅覺或觸覺來看見黑夜的森林。那正好能讓我們平日習以為常的習慣有機會放

下，耳朵中的森林，鼻子中的森林，有何不一樣？

　　果真，在他們掙扎地放棄手電筒的照明之後，他們才真正看清楚了森林中的小徑。原來夜晚的森林並不可怕，因為我們看不見才恐懼；手電筒的照明有限，永遠只能讓我們看見光線所及的焦點並且使照不到的地方更黑暗。

　　當我們在夜裡看得見森林之後，生命便真正地熱鬧繁複起來。有月光的時候，所有的植物皆被上一層銀色的外衣，嵐霧籠罩之際則披上一層迷濛的水氣。因為沒有光害，你可以看得見那層輕盈的水霧銀衣飄浮在植物柔軟的肢體上，彷彿靈現身時的光環；還有一些自己發光的小生命，只有在天然林的底層才能夠發現，單調而姿勢統一的人工林很難遇見這些活潑的小生命。有一次，我在低海拔的扁平天然林中觀察黃緣螢的幼蟲；那一天的夜晚似乎每種生命皆發著光；除了幻夢似的螢光不時飛翔於披著銀衣的氤氳溪谷，隨著緩緩飄移的水氣拂拭著柔軟如床的綿密植被。即使連濕沁的草毯中皆躲著尾部發光的毛毛蟲；起初我以為那是黃緣螢幼蟲的傑作，後來發現除了黃緣螢之外，森林裡多的是發光的奇異生物，我們還看見發出螢光的蕈菇與苔蘚；只有夏日雨後潮濕的熱帶林中，發出螢光的蕈菇才會從地底紛紛冒出頭來，且只有懂得關掉燈照的夜遊者才有幸被它們眩惑了雙眼。

　　研究夜行性昆蟲的科學家會在森林中點一盞燈，把一張白帆布攤開吊掛著，整個晚上便不斷有各種形體古

怪，色彩斑斕甚至詭異的飛蛾造訪，降落在白帆布上。我最愛引領我的朋友們來到那塊猶如正在舉行化妝舞會的白帆布上的觀察，飛蛾的種類千奇百怪，大小尺碼齊全，彷彿森林中所有的精靈皆費盡心力打扮，擦粉戴面具，穿上華麗斑斕或恐怖詭異的戲服共赴夜晚的盛會；此種精靈的舞會夜夜在天然林中舉行，偶爾在山莊或工寮一盞微弱的燈火下，也可以遇見牠們群集狂舞。

　　夜裡的天然林，除了視覺的繽紛狂幻之外，也要記得以耳朵去偷聽森林幽長深遠的祕密；鳥友們最愛在夜晚循著貓頭鷹的鳴聲追蹤牠棲息的枝頭，並且在樹下苦候牠現身。貓頭鷹獨特的翅羽構造讓牠在夜晚的捕食飛行簡直無聲無息，輕如鬼魅，不像笨拙的飛鼠。我們時常在側耳傾聽貓頭鷹飄忽不定的鳴聲時，偶遇圓嘟嘟的大赤鼯鼠不頂完美的降落；常常是撞斷了幾根小樹枝弄出極大的聲響，並且瞪著好奇的紅眼睛高掛在樹冠下瞧著我們，被我們搜尋的手電筒照個正著。

　　貓頭鷹是夜晚的天然林獨特的笛音，而健康的森林永遠不會缺少日日夜夜溪水奏鳴的絃樂。當觀眾席的燈光漸熄，黑夜的布幕拉起，森林成為唯一的舞台，眾所注目的焦點，你便可以開始清楚地聽見風微微拉動林間無形的琴弦，然而主奏者永遠是溪水，無論你置身森林何處，在稜線，在山腰，在鞍部，在溪谷，溪水總是忽遠忽近地穿耳而過，溪水變成森林亙常的配樂，反而使人在白日裡聽不見它，可是一到夜晚，所有視覺的紛擾逐漸排除，心靈

緩緩沉澱，溪水便跳上舞台，彷彿在森林裡無限擴張，飛翔，越過林冠，飛向天空，飽脹整個山谷，卻一點也不吵鬧。

於是我們在飛滿溪水的夜晚森林中，仔細傾聽貓頭鷹飄忽不定的笛音，傾聽樹蛙藏於草葉間的鼓鳴，傾聽鼬獾扒土掘穴找蚯蚓的聲音，傾聽陸蟹鑽出潮濕地底的聲音，傾聽林風吹動落葉的聲音；偶爾有一聲不知名的山鳥尖銳且驚魂的高音衝出山谷，劃入星空；我們的形體在夜晚的林中彷彿已不存在，隨著飛翔的水氣融入銀色的月光，漫散於林間繁複濃密的草葉灌叢。我們的靈魂在此時此刻格外清澈明亮，我們聽得見、看得見，感受得到而肉體卻暫時消失；黑夜幫助我們暫時隱遁了自己，森林卻讓智慧浮現。

夜晚的天然林是一種「無我」的狀態，生命紛紛飄昇入夢，安靜巨大而無限，危險同時存在卻異常溫柔；「無我」使人放下恐懼與成見，智慧便能清明。

天然林是一座複雜活躍的有機體，運作的律則遠比人工栽植的森林龐雜而細緻，超過人類的了解。天然林維持土地穩定、更新、療傷、生生不息的能力已演化了數千萬年，尤其是抑制病毒的神秘，遠勝於人類的想像。

從前教導我們的林業專家也許從來不曾卸下自我的成見進入天然林之中；他們始終向森林系的學生說天然林是雜木林，木林生產力低，毫無經濟價值，森林必須經營。他們的眼中只有整齊劃一，易於計算材積與價值的人

工林；數十年來臺灣的林業專家就是這麼粗暴地想要改變森林中的生命結構，試圖讓森林長出最多最快的木頭，並且如此教育學生；他們始終計算不出天然林對土地的無形力量。

數十年來臺灣的林業政策和造林工作是徹底失敗了。也許我們應該引導這些專家和森林系的學生到夜裡的森林去靜坐，去學習放下人類的成見；而不是只教他們在教室裡學習辨識珍貴的木頭和計算材積的公式。等到他們在夜裡完全看得見森林，才能成為真正的森林學家吧！

選自《四季的聲音》

作者簡介

　　王家祥，一九六六年生，高雄岡山人，中興大學森林學系畢業。曾獲賴和文學獎、時報文學獎、散文評審獎、聯合報極短篇小說獎、吳濁流文學獎，作品多次入選年度散文獎。著有《文明荒野》、《自然禱告者》（自然寫作）、《打領帶的貓》（小說集）、《關於拉馬達仙仙與拉荷阿雷》、《山與海》、《小矮人之謎》、《倒風內海》（台灣歷史小說）、《窗口邊的小雨燕》等書。曾任《台灣時報》副刊主編、柴山自然公園促進會會長。現專事寫作，並積極照護流浪貓狗。

導讀

　　出身森林學系的王家祥，帶著學理親自在荒野群山中實踐自己的文

學生活。對他而言，文學不是坐在冷氣房敲鍵盤的想像，而是生活中觀察而來的迴響，以及歷史地理人文意識的置入。這使得他的文學不是徒具型態的行屍走肉，而是活生生的生活文學。〈天然林的夜晚〉寫作於1990年代，算是王家祥早期對自然的探索之作。文中揭露許多「平日習於被文明充足而方便的光照所蒙蔽」的真相，只要你的眼睛習於黑暗，只要你的耳朵樂於諦聽周遭蟲鳥的細微，你終究可以看見，或聽見，天然林給予你無私的一切。

遙遠的漁歌唱晚

蔡富灃

　　龜山島幅員不大，有百姓居住的時間不長，島上的生活不太為人所知。

　　導遊不只對龜山島兩個碼頭興建的時間、所花的經費和被颱風毀壞的過程非常了解，對於島上居民的生活也瞭若指掌。龜山島孤懸海外，沒有連綿的山嶽高峰，不會有白雲出岫的景觀，它就是一座挺立海上的孤島，風和雨，瀟瀟灑灑；日和月，清清朗朗；雲和霧，明明白白。所以龜山島的居民也練就了仰觀天象、俯察地理的本事。

　　陳展室牆上的大型解說板上放了幾張龜山島的空拍照片，導遊指著其中的幾張，說：「早年沒有氣象報告，女人看天氣都是看那個山頂，如果一早起來山頂上沒有雲，就可以洗衣服曬棉被，如果有雲就不能洗；如果看不到山頂就是要下雨了，衣服就要趕快收。」這個龜山島獨有的氣象預報，也是只有住在這裡的人才知道的生活小祕密，早年幫島上婦女省去不少麻煩。

　　一般都說民國六十六年因為軍事需要，龜山島居民全

村遷往對岸頭城大溪的仁澤新村，但是導遊說的卻不盡然是這麼回事。導遊歸納說，經濟、交通和婚姻三個因素影響了龜山島的遷村。

最重要的應該是經濟的因素吧！龜山島早在清朝一八五三年就已經有人來此定居，那時人數應該不多，大批移民是在日據時代，而且是要到基隆嶼，因為洋流的關係誤打誤撞來到龜山島。導遊告訴我們，早年龜山島附近海域是漁產豐富的魚場，大家靠漁業就可以生存。那時候漁民出海主要不是捕魚，而是抓蝦子。他說那時候漁船速度不是很快，早上出海作業，大約兩三個小時就可以抓到幾百斤蝦子，再駕駛兩小時的船隻到頭城販售，漁獲都是賣給魚行，不是自己賣，一斤蝦子大約可以賣到十五元；賣完蝦子，帶著飽滿的荷包，開著老舊的漁船慢慢往回走，回到龜山島時，天都已經黑了，這就是當時漁民一天的生活作息。

那時候新臺幣一百元是綠色的紙鈔，漁夫賣了漁獲回到島上，就把一張張綠色的鈔票交給妻子，妻子們都不會用，就把一張張綠色的鈔票全部存了起來，導遊說：「不是不會用，是有錢沒地方花。」因為那個年頭，龜山島上連一家商店都沒有，更別說娛樂場所了，所以即使捕魚抓蝦的收入很優渥，但有錢就是沒地方花，他描述說：「你如果帶五百塊錢來龜山島，最後還是帶著五百塊錢回去！」他意有所指地伸手指著不遠處那些廢棄的老房子說：「所以當年那些房子都是有錢人住的。」

後來臺灣漁業技術愈來愈發達，龜山島海域的漁業資源漸漸枯竭，村民出海捕魚再也不像以前那麼容易，收入大不如從前；漸漸的，就有人開始放棄龜山島，遷往頭城尋找生活、事業的第二春。直到民國六十六年，政府決定將龜山島集體遷村，島上的故事也在國軍進駐後劃下休止符。

作者簡介

　　蔡富澧，高雄師範大學國文所博士候選人，陸軍官校兼任講師。獲聯合報新詩獎、國軍文藝金像獎、高雄市文藝獎、打狗文學獎……；著有《山河戀》、《山河歲月》、《生命的曠野》（散文）；《三種男人的情思》、《與海爭奪一場夢》、《藍色牧場》、《碧海連江》（新詩）；《用生命的光熱擁抱大地》（報導文學）；《現代佛經一百句──法華經》（佛學）；《台灣現代詩中的禪境探究──以四位詩人作品為例》（碩士論文）。

導讀

　　變遷，常是村落興盛與否的主題，也是地景寫作可關照的場域。龜山島這個宜蘭外海遊子返鄉的意象，對真正住在島上的人卻不是那麼一回事。也是因為遷村，龜山島變成共同的鄉愁，不管龜山島是否為你的原鄉。〈遙遠的漁歌唱晚〉，蔡富澧以一種較為閒適的觀光客身分走訪這座島嶼，對作者而言是全新的體驗，陌生化促使文字呈顯圖像般的新鮮感，令讀者歷歷在目，白描的景觀卻能在破落廢棄的老房子面前，補捉到作者淡淡的哀愁。

古橋之戀

劉克襄

在古道和舊路的探查裡，最充滿歷史情境的，莫過於古橋的遭遇了。

古橋的存在不僅是證明一條昔時道路的重要見證。當它橫陳在前，不論於荒郊蠻地或是紅塵市廛，總覺得蘊藏著一種深層的力量，攔住了當地歷史的長流，全部堆疊在它的腳下，化青成苔。久而久之，竟也融爲橋身的一角，乃至是周遭山林的部分。

過去十幾年來，在探查時所遇見的古橋，卵石堆放者有之，竹架簡易搭蓋者亦不乏。更有精緻者如吊橋、充滿現代感如鐵橋，或奇特如筆筒樹者。台灣內地屢出山奇壑險之地，橋的種類自是林林總總，難以依次例舉。我卻偏愛拱型橋身的古橋。何以如此，想必是拱型的橋身總讓人聯想起古人的科技智慧和創意，更讓人清楚感受文明的強勢拓展。有時走訪古道，最大之目的竟只是一睹這類古橋的形容。

當這樣的古橋沉穩地跨在溪流上，其隱隱散發的魅力，彷彿也攬盡了古道的精華，集所有歷史的內涵於一

身。拱橋者，不出各種石子、磚牆之類的建材。所以，在這裡介紹的都是這般經過人工費心設計、堆砌的重型橋身。我謹依著台灣史的變遷，大致歸類為四種類型。

第一種是原始味濃烈的石板橋。

石板橋大抵在清朝時已然大量出現。它多半出現於安山岩和砂岩的山區。畢竟，這兩種環境的地質最容易找到長方形的石塊，就地敲打為石板，再鋪設為橋凳。石板橋往往是用三兩塊橋凳，搭在小溪兩邊石塊堆疊之上，做為穩固的小橋。它們通常較為簡單，長度短得可憐，多半三兩步就可跨過。講究的，已然可見橋下的拱型橋身。在木柵、南港的許多舊路上，我就看到不少不及兩公尺的石板橋，簡單地橫跨在溪溝上。

經驗裡最長也最精彩的石橋，當數北新庄大屯溪上的三板橋了。三板橋少說有兩百多年的歷史，是早年深入大屯溪拓墾的漳州移民鋪蓋的。如果進入大屯溪古道探查，從那些廢棄的炭窯、橘園和染料池來判斷，三板橋主要是用來運送茶葉、染料和橘子。三板橋之名，顧名思義，是用三塊石板並排列而成。但是，大屯溪少說有十來公尺，當地居民再如何神通廣大，都無法找到這樣長的石板！怎麼搭蓋呢？結果，他們聰明地利用溪上的兩座安山岩大石做為天然橋墩，再連續利用三塊一組的石板，串連成這特殊的歪歪曲曲穿過林叢的石橋。

時隔百年，三板橋渾然天成的古樸裡還流露著原始的森林氣息，實為古橋裡的一奇。這裡最近也成為名勝風景

區，例假日常有人到溪邊大啖烤肉，殺了風景也罷，壞了附近的自然才教人難過。古橋旁邊還有新橋，兩橋間豎立著政績貧乏的前任台北縣長尤清題字的石碑，簡單地敘述三板橋的由來。三板橋兩頭則各有一小廟。左岸設立的是保護產業的土地公廟，右邊近民宅的卻是拜祭羅漢腳的有應公廟，正好將這座古橋和古道的意涵點繪得很清楚。

第二種是造型美麗、引人遐思的紅橋。

所謂紅橋其實就是以紅磚為主搭蓋的橋。在台南古都的西定坊，據說還有荷蘭時期之磚仔橋。我所接觸的紅橋，大抵建立的時間多在清末至日領時期間。蓋橋的紅磚主要都是由平地和丘陵的目仔窯燒製出來的。要用長方形的紅磚逐一堆砌成一座橋，最好的方式便是以拱橋的型式出現，磚和磚的間隙敷以紅糖、灰石等物質，藉以牢固地縫合。

台灣中南部的大溪遼闊不斷，交通往返多以筏渡為主。除了少數的大城如台南、鳳山尚有紅橋或其他石子蓋成的小橋外，早年的紅橋多半集中在北部的丘陵和平原，靠近重要城鎮的小溪流，諸如大溪、三峽等。這些紅橋多半以一、二座拱門，精巧地完成容牛車寬度之橋身。如今交通發達，紅橋多半毀棄。一般人不察下，還以為紅橋全消失了。其實不然，有機會遇到一座鄉間小橋，旁邊曾是保甲路、越嶺路之類的舊道時，不妨貼近一些，走到橋墩仔細端倪，有些橋墩還留著紅磚堆疊著呢！縱使都消失了，從一些橋柱的蛛絲馬跡，還是可以研

判的。

　　印象裡，最教人流連忘返的紅橋，應該是大坪紅橋了。第一次看到是在網路上，尋找一個叫三坑子的龍潭客家小村。網路上一張小小照片，露出古樸而暗紅的橋墩，隨即吸引驅車前往尋找。好不容易東探西問，終於走下一處隱秘的小溪谷，在一處荒涼的鄉野，找到這座幾乎無人知曉的大紅橋。

　　大紅橋彷彿被整個世界遺忘，寂然地在那兒躺了好幾個世代。它的橋墩多達五座，形成四孔的美麗紅色拱門，跨過隔離大坪和三坑子的小溪。橋身的寬度僅容兩人擦身而過。橋的兩頭分別有大樹和鄰近常見的刺竹佇立。大樹下則有古墓一座和建橋的石碑。古墓不知和紅橋是否有牽扯，那石碑就息息相關了。碑上刻寫著昔時捐錢建碑之人的名字和捐款數額。

　　原來，紅橋是日領初期的建築，屬於大坪和三坑子間的聯絡要道。三坑子位於大漢溪上游，屬於龍潭，可能是大漢溪上游的最後一個港口。日領時期台灣總督府官房文書課便記載著：「根據一九○八年十二月之航運，大料崁溪自海山堡大料崁三坑子庄起，至大佳臘堡大稻埕約四十二公里可通船。」可見百年前大坪村落的人是靠著這座紅橋的便利，挑著貨物，通往三坑子的碼頭，才得以和大溪、萬華、大稻埕等繁華的都市搭上關係。

　　第三種是古樸而莊嚴的糯米橋。

　　方形石塊、色澤暗灰、拱型橋身的糯米橋，幾乎都是

日領時代的建築。所有古橋裡，就數這種石橋的內涵最能穩重地將古橋的典雅完整地投射。日領初期在台灣的公園裡，就有好幾座小型糯米橋。現今尚完整保留的，印象裡大概就剩北投公園的那一座了。現在，有些仿古的建築也會選擇以糯米橋的造型出現。畢竟糯米橋給人的直覺，最貼近過去。在魚路古道上重現的許願橋，就清楚地展現了這樣的原貌。

晚近新聞裡鬧得不可開交的是以摸骨和仙草出名的關西東安橋。這是一座擁有五孔大橋墩的糯米橋，建於三○年代初，橫跨水勢豐沛的牛欄河。過去關西鎮通往東安里和省三號公路，全仰仗它來聯絡。現在牛欄河上的大橋多了三、四座，各個比它氣派、雍容。保守而清瘦的東安橋自是相形見絀，再者橋寬有限，平時僅一車通行，不符合當地愈來愈繁榮的交通流量。去年有一度曾經要被拆除，準備擴建。所幸，當地文史工作者發動抗爭，才把這座老橋從怪手手下搶救回來，繼續以孤單的身影佇立在河上。

印象裡最深刻的卻是南投國姓鄉的北港橋。這座糯米橋又稍為年輕些，迄今不過六十多年歲月。整座橋的石材都用淡粉紅色的北港石切割成正方，再以土法，用糯米混合紅糖、和泥土混合，黏造橋身和橋墩。過去，它號稱台灣三大糯米古橋之一，是草屯、東勢、國姓通往埔里必經之地，以前的八幡崎古道也由此橫渡。

儘管只有四孔，在台灣古橋裡，北港橋卻是相當巨大

的一座。過去可通自動車，現在亦可讓貨車來往順暢。相較於東安橋的拘謹，北港橋充滿宏偉的霸氣。每一塊磚石彷彿都很傲岸，挾帶著歷史遞變的滄桑和自然洗禮的歲月。它已然是一個渾厚且堅毅地的生命體，昂然地跨過北港溪。有時河岸站久，初見的龐大竟也慢慢地揉和，在靜靜無人之時，釋放著一股內斂，已經溶入溪水的環境，彷彿被自然所認可，成為這裡不可或缺的一部份。

九二一大地震時，附近橋樑多處坍塌。我多方打探北港溪的安危，所幸立即得知它安然無恙。想來恐怕是費工的糯米橋建築結構穩固，遠非現代水泥橋可及。

第四種是夾雜著現代氣息，水泥肉身的洗石子橋。

暗灰色的洗石子橋，出現的年代大抵都已近日領中期。最有名的大概是橫跨三峽溪的三峽拱橋了。這座三峽的地標，在三○年代初時橫跨三峽溪，意氣風發之形容，儼然是三峽這個新興城市邁入未來的象徵。曾幾何時，大漢溪航運逐漸沒落，後來的主要公路也都未經過三峽。時過境遷，它竟是佇立成一種繁華歲月的滄桑，更是三峽鎮無緣進入現代化最具體的悲涼姿勢。

我喜歡的是天母古道上的水石子橋。以前在華岡讀書時，從學校旁的小坡穿過零落的自來水處日式宿舍，隨即可看到細長而瘦寂的橋身，靜靜地坐落在原始林間，只容旁邊的瀑布嘩然喧洩。如今人過中年再次拜訪，它依然屹立隱秘的林間，更讓我加深歲月磋跎的感懷。此後，凡有古橋，最先浮升的橋影，不免都是它那交錯在櫻花、楓樹

和長葉楠間的橋身，彷若初戀之情人。

　　古橋如是觀之，盡都是個人胡亂筆記之雜言。還盼同好之朋友更加細酌，多予史料和專業的斧正。

作者簡介

　　劉克襄，生態系自然人。日行性，習於晨間慢跑。棲息於台北或台中，喜出沒於山徑、鄉鎮、菜市場。勇於嚐百草，知覺敏銳。擅長在城市感受自然端倪，在日常發掘溫情興致。寫作不輟，熱衷繪圖。現職中央通訊社董事長，窗口鳥友為麻雀、斑鳩和八哥。

導讀

　　做為台灣重要且具代表性的自然寫作作者，劉克襄以其有品質的多產、以及充滿探索意義的踏查精神，為讀者走向這塊土地上的每一個角落；〈古橋之戀〉一文以台灣各種建材、造型、規模各異的橋做為書寫的對象，賦予橋歷史的、文化的、情感的縱深，將自然寫作的「非虛構」精神發揮於此，讓讀者能理性地認識環境，讓說不出的感動有了可描摹的具體形狀。「橋」一直是文學作品中重要的主題，劉克襄的作品，也提供讀者跨越藩籬，進而與世界溝通的一座橋。

遲到的經典

向鴻全

　　我從來沒有想過，二十年前那個修習《論孟》課程期末被死當、連重修學分的機會都沒有的學生，今天竟然能夠在課堂上講授中文經典閱讀的課。

　　那個酷熱的夏天，教室內的掛扇轟轟地轉響著，教室裏幾乎永遠塞滿學生，最前排的座位還擺放著一排隨身聽準備錄音，空氣裏安靜得連隨身聽的磁頭磨擦咬轉卡帶的緩慢微弱又斷斷續續的聲音都極為清楚。上課的老師是某位當代新儒學宗師的重要弟子之一，有著一頭不馴的亂髮、犀利像能洞燭一切的眼神，他睥視詬詆那些當時我們以為有價值有意義的事，他用尖誚機鋒的語言為他自己注解，用倒抽一口氣的冷笑來回應你所有的疑問。他不怕課堂空轉冷場，他說老師難道不能發呆嗎？某次他突然信步走向窗沿，眼神投向遠方似有所思，同學們也複製老師眼神的路線，但聽見老師突然將濃痰自口中激射出去的聲音，我們張口結舌，他說痰那麼髒的東西難道要我吞下去嗎？

　　妙哉斯言。但彼時又有多少同學懂得？

於是在我們之中流傳著關於老師的神話，自以爲頗能得其真傳的學長們開始模倣起老師的言行舉止，附庸風雅，一派魏晉名士的風流氣度，經常將老師的話當成「話頭」，不時在交往相處中用來「棒喝」我們這些毛頭小子；我們雖不見得服氣，但卻也覺得有趣。從那個時候開始，我們的課桌上除了有朱子《四書集注》的課本外，還偷偷夾藏了那位和老師長得極像的當代新儒學宗師的著作，不只如此，我爲了吸引老師的注意，除了模倣那些偉大的儒學著作中圈點的方式，用朱筆在我以爲重要或視爲警句的文字旁，用細細密密的小圈圈畫在旁邊；甚至在考試時，刻意不以老師上課講義作爲答題內容，反而背默起那些儒學著作，學舌地模倣起那些生澀的語句，「人們只是在昏沈的習氣中滾，是無法契悟良知的」、「吾人可依此行爲與思想，判斷其有無內在的理由，以直斷其非與是」。原以爲能夠博得老師嘉勉肯定，沒想到得了個不到五十分的成績；我拿著考卷心中充滿憤懣困惑，有誰能像我能夠寫成這個樣子？但我仍然沒有勇氣去找老師，那是必修的課程，我只有明年再來。

　　畢業多年後一次服役休假，我無處可去，遂溜進老師的班裏，課堂上人數明顯少了許多，同學們也似乎不再專注，老師言語裏的剛猛之氣雖然不減，但眼神卻溫柔許多。趁著下課，我鼓起勇氣到老師跟前，「老師，您還記得我嗎？」老師點點頭。「您知道嗎？後來我的碩士論文研究的對象，就是當代新儒學。」我像個孩子一樣渴望獲

得老師的認可。「那可不是一條輕鬆的路啊，」我還以為後面應該要跟著一段溫柔敦厚的提醒與教誨，「誰讓你去做那個的？」老師犀利的眼神又出現了，我囁嚅著說不出話，還好鐘聲解救了我，老師頭也沒回地走進教室，我也沒敢再進去，那時我才了解到什麼是「萬仞宮牆，不得其門而入」……

那窮盡畢生心力所成就的學術與人格生命，豈能簡單模倣、抄襲與複製？轉輾得知一段不知真假的軼事，那位儒學宗師好像因為老師愈來愈像自己，遂與之疏遠，在那情感之中我揣想著懷有一種師徒間永恒的矛盾與衝突、一種真性情真生命的對決姿態浮現在我腦海；我才恍然明白，那年的死當，會不會也是這種情境的重現？你究竟知不知道老師的用意何在？你了解那種沒有深度沒有支撐的模倣有多麼危險嗎？

那麼多年以後，我有機會重溫當時的境況，卻是在我自己的課堂上。

我告訴同學們，你一定要找到一本屬於自己的經典，一本向你開放、而且引領你和它對話的經典。每次語落，我都以長短不一的沈默來圈點斷句；我突然了解到當年老師課堂上空轉冷場的原因，是因為他重新造訪了青春懵懂的現場，問題與答案在當下同時出現。

如果你現在讀不懂沒關係，有一天……

有一天我在課前準備教材時，在《四書集注》裏無意間翻到久違了的筆跡，那娟秀清麗的字體，是初戀的

載體；在翻找《詩集傳》那本像是不夠懂詩的釋詩的書裏，掉落一張寫在美術紙上，用毛筆抄寫著〈摽有梅〉的書籤，我的思緒如同那個離開島嶼的飛機，飛機上坐著回望島嶼，心裏仍掛念著他究竟讀懂那首詩的意思了沒的女孩……，「摽有梅，其實七分。求我庶士，迨其吉兮。」

　　下課鐘聲響起。我闔上書本關掉電腦，有一天你們終於會認識到、經驗到經典的力量，只是它可能會遲到；遲到，就像愛情，就像一則則關於生命的謎題與答案。

作者簡介

　　向鴻全，現任教於中原大學通識教育中心，曾獲聯合報文學獎等數種；編有《臺灣科幻小說選》，著有散文集《借來的時光》。

導讀

　　〈遲到的經典〉一文書寫作者教學工作中，發生關於閱讀與生命間悠長且神秘的關係，當學校教育不斷告訴學生閱讀與經典的重要性與價值時，卻有另一群人相信，經典的力量有時不只來自當下，而且閱讀所能帶來的後座力，將會在未來的某個神秘時刻，突然造訪。〈遲到的經典〉描寫年輕時所無法理解的知識內容，和經歷過的情感經驗一樣，會隨著時間和歷練，像頓悟般突然醒覺，閱讀的生命和情感的生命一樣，都有待耐心的等待和澆灌。

另一種時間

張惠菁

　　在博物館，看著展示櫃玻璃後頭的東西，我總是會想，它經歷過怎樣的歷史呢？

　　一只銅觚，一隻青花釉裡紅盃，一枚戒子，一方硯台。在成爲博物館收藏以前，也許它們曾有過另一種生命。那時他們存在的理由不是爲了被觀看，而是被使用。盃裡曾經眞的裝過酒，眞的握在某人的手裡過。硯台曾經長期放在案頭，有上好的松煙墨在它身上摩擦過。

　　然後不知發生了什麼事，它與原來的主人失散了，也許轉手又換過好幾個主人，當中有些家族興衰的故事。不知怎麼就來到了這個地方。流浪的終點，在玻璃櫃裡，精密調節過的陳列室光線打照處，遠遠地和人隔開了。它和人最後的一點關係，就是清冷的對望。

　　在它的前一種被使用的生命裡，它不是主角。一件器物既然是被使用的，就一定在故事裡佔著一個從屬的地位。通靈寶玉再是件神物，我們要看的是賈寶玉怎樣發傻發痴，一下子摔，一下子又弄丟了它，還看林黛玉怎樣被寶玉的玉跟寶釵的金鎖暗示的「金玉良緣」給氣病了。但

是一旦被放進博物館，它就是主角了。燈光是爲它而打的。整個博物館空間就是爲了讓它能好好地被看見。那些從展示櫃前走過的人類，全是配角，分別負責讚嘆、注視、賣弄學問、發呆、抱怨冷氣太冷等龍套戲份。

出現在文學作品裡的物不計其數，有一件特別引起我的聯想。就是出現在楊絳《孟婆茶》中的竹雕陳搏老祖像，楊絳父親生前放在書案上的一件工藝品。我把楊絳女士提到這件工藝品的段落抄錄於後：

我父親去世以後，我們姊妹曾在霞飛路（現淮海路）一家珠寶店的櫥窗裡看見父親書案上的一個竹根雕成的陳搏老祖像。那是工藝品，面貌特殊，父親常用「棕老虎」（棕製圓形硬刷）給陳搏刷頭皮。我們都看熟了，決不會看錯。又一次，在這條路上另一家珠寶店裡看到另一件父親的玩物，隔著櫥窗裡陳設的珠鑽看不真切，很有「是耶非耶」之感。我們忍不住在一家家珠寶店的櫥窗裡尋找那些玩物的伴侶，可是找到了又怎樣呢？我們家許多大銅佛給大弟奶媽家當金佛偷走，結果奶媽給強盜拷打火燙，以致病死，偷去的東西大多給搶掉，應了俗語所謂「湯裡來，水裡去」。父親留著一箱古錢，準備充小妹妹留學的費用。可是她並沒有留學。日寇和家賊劫餘的古磁、古錢和善本書籍，經過紅衛兵的「抄」，一概散失，不留痕跡。財物的

聚散，我也親眼看到了。

　　不知道那件竹雕陳搏老祖像，現在還完整存在這個世界上嗎？其他從楊家散失出去的文物呢？珠寶店的店主，也許是從急欲銷贓的強盜，或者從後來的某一任收藏者接過了那個雕像，無論如何，他不太可能知道那個竹雕屬於楊家共同記憶的一部分，它曾經怎樣立在楊絳父親的案頭，怎樣被粗糙的棕刷子刷頭皮。它的上一個生命，算是散失了。也許它得到某個古董店顧客的賞識，被買了回家，上了另一個人的案頭，開始它的新生命。但它與楊家的關聯，就此被覆寫過去了。

　　當然我們不只是健忘的動物。學者從檔案，從史籍，或透過風格比對，尋找著物的身世，「這是典型十八世紀風格」、「這很可能就是造辦處檔案提到的某一件」，彷彿在與時間的遺忘力量搏鬥，為物找回它們失去的意義。當然物也在獲得新意義，從我們這個時代的視角回望時，我們會說什麼？我們會對一雙三寸金蓮鞋子嗤之以鼻嗎？我們會在歷史文物上架構國族認同嗎？我們會因為雞缸盃在全球拍賣市場上的行情而興奮嗎？

　　Discovery頻道曾經播出埃及王后納芙蒂蒂的木乃伊之謎。

　　英國一位埃及學家弗萊契大膽假設，某具臉部遭到毀壞的無名木乃伊屍身，便是埃及史上艷光照人兼權傾一時的王后納芙蒂蒂。她帶著這個大膽假設，數位X光技術專

家，與一整個Discovery拍攝團隊進入墓穴。她尋找著木乃伊X光片裡形狀接近項鍊珠墜的暗影，推論木乃伊彎起的手臂持有象徵法老的權杖，蒐集壁畫中有關納芙蒂蒂的紀錄及身影。但她的結論觸怒了埃及考古學家。據說是埃及學界教皇級的人物哈瓦斯，以霸氣十足的口吻斥其推論為無稽。木乃伊到底是不是納芙蒂蒂，仍然充滿爭議。但雙方的考古合作顯然已經破裂，哈瓦斯表示，不會再允許弗萊契進入墓穴研究木乃伊。

於是，這具木乃伊在入土三千多年後真的獲得埃及人相信的死後生命，還上了電視，被全世界觀眾盯著看。

我想起古詩十九首中，有這麼一首，開頭幾句是：

驅車上東門，遙望郭北墓。
白楊何蕭蕭，松柏夾廣路。
下有陳死人，杳杳即長暮。
潛寐黃泉下，千載永不寤。

這是個奇怪的詩人。他在遊覽上東門時，遙望夾道的白楊與松柏，忽然，將視線往下，穿透地表土壤，進入地底，白骨所在的陰暗昏杳的世界。於是詩中多出一種時間，就是死人的時間，永恆於黑暗中靜止，千年不醒。

確實，那個時間就在我們腳下，就在我們身邊。永恆的沉寂，比埃及木乃伊們生前所篤信的永生更真確。

在地表短促躁動的時間裡被創造出來的意義，在地底

下還有另一重時間等待著承載它，吸收它，一種永恆靜止的時間，在無始無終的寧靜黑暗裡。

作者簡介

　　張惠菁，台大歷史系畢業，英國愛丁堡大學歷史學碩士。1998年出版第一本散文集《流浪在海綿城市》，其後陸續發表有小說集《惡寒》與《末日早晨》，及《閉上眼睛數到十》、《告別》、《你不相信的事》、《給冥王星》、《步行書》、《雙城通訊》、《比霧更深的地方》等作品。

導讀

　　小說家張惠菁的〈另一種時間〉，收錄於《你不相信的事》。小說家曾經在博物館工作的經驗，成為她有機會創造新的觀看之道，對作者來說，她能夠體會感受到「另一種時間」的原因，是因為她具備歷史的知識，以及湮遠的歷史帶來神秘的時間感受，讓在眼前的種種史料、古蹟、各種存在物有了時間的印記，這些東西遂不只具有物質性的存在意義，而更具有複雜迷人的氣息，而附著於這些物件上的故事，即是另一種時間的驗證。

筷子

宇文正

　　我有幾件應被列爲基本生活能力卻始終做不好的事，管理錢財是其一，那太複雜了，很多人跟我一樣不擅長；簡單點的，拿筷子，身爲一個東方人，我卻始終拿不好，眞的應該汗顏！

　　台灣長大的孩子，少有筷子拿不好的。我小時嚴重到拿筷子時把食指伸出去，害得母親被外婆斥責，說沒把我教好，以後怎麼嫁人！全家人只有我筷子拿不好，連累媽媽被罵，以後我非常小心別把食指伸出去，愈留意，筷子拿得愈奇怪。有時在外頭吃飯，遇到筷子不易夾起的食物，我索性不拿，以免出醜。

　　但笨拙的姿勢還是常被看出來，有回對我發出質疑的竟是一位來自馬來西亞的同事小偉。我們一同在雜誌社工作，他是攝影，常常合作採訪。那回同事們聚餐，小偉忽然盯著我的手：「妳筷子這樣拿還能吃得到東西？」同事們笑說：「她吃得可多了！」我尷尬放下筷子：「就是學不好呀！」他很耐心地教我筷子的正確拿法，「就像拿二胡的弓。底下那支筷子要固定，上面那支用大拇指、食指

和中指控制，就很靈活了。」小偉會拉二胡，以二胡持弓來比喻拿筷子，是我生平第一次聽聞。當時我的男友也拉一手好胡琴，我玩過他的琴，一拉就上手，他很驚訝：「有潛力喔！」我敲揚琴也是無師自學，二胡拉弓難不倒我，可怎麼拿了二十來年的筷子這樣難呢？另一位同事幫我解危：「我看過筷子拿不好的人，都特別有創意。」此話一出，小偉索性用拳頭抓筷子，大家笑成一團。小偉笑岔了氣，隨手把筷子往飯上一插，拿起茶杯喝水。眾人喝斥：「小偉──」他一臉茫然：「怎麼了？」「這樣很像在祭拜呀！」一時三娘教子笑罵：「這傢伙剛剛還很懂中華文化，又會拉二胡、又會拿筷子，居然不知道筷子不能插在飯碗上！」

小偉持弓的比喻對我拿筷子啟發甚大，往後我如果意識到這一點時，筷子就能拿得像樣，只是大部分時候隨性舉筷，那已經變成本能，改不過來了。結婚後果然被公公笑，倒是婆婆幫我說話：「可是人家刀叉拿得那麼好，你就不會！」他們曾看我吃西餐時以刀叉剝蝦、整排整排切下玉米粒，認為神乎其技，公公可不服氣：「中國人當然是要會拿筷子！」他仔細看孫子吃飯，還好，我兒筷子拿得非常標準，沒跟他娘學壞。

小時候，母親也曾仔細觀察過我拿筷子，倒不是管我拿得標不標準，她大概已經放棄了吧，她是看我握筷處的高低，她說，筷子拿得高，將來嫁得遠。果然我拿的位置不高，雖然曾經出國念過書，還是嫁回台北來。在洛杉

磯念書期間，確有跟老外交往的經驗，但都只約會一兩次便無疾而終。一次是日本學生。我一邊念研究所一邊當助教，他是大學部學生，但看起來比同學們大一點，我也搞不清楚跟我差幾歲，想必比我年輕。那年發生洛杉磯暴動，我住的那條街不遠處燒了起來，一群台灣學生聚在一起不敢出去。這日本學生竟開車給我送來蛋糕，被同學們取笑：「真是傾城之戀啊！」暴動結束後我跟他約會過一次，他帶我到城裡吃日式燒烤，食物內容我完全不記得了，倒記得餐後他教我，日本人的習慣，雖是免洗筷子，食畢仍要放進紙套裡。

他到底小我幾歲呢？相處時我腦子裡不斷轉著這個疑問，「你不覺得我一定比你大很多嗎？」我忍不住問他，他只說我的樣子是他心目中的什麼，迸出一句日文，我自然聽不懂，他在餐巾紙上寫下四個漢字，我看了哈哈大笑，他寫的是：「文藝少女」。

台灣現在免洗筷慢慢退潮了。環保意識覺醒，大家買便當已有自備環保筷的習慣，而好一點的餐廳則絕不再用免洗筷了。七〇年代一度B型肝炎流行，是那時開始餐飲界推動使用免洗筷，有人甚至餐後習慣把筷子折斷。我第一次看到這種行為非常驚異：「你幹嘛？」對方說：「才不會被不肖商人再回收使用啊！」

把預備丟棄的免洗筷放回紙套裡收好，甚至會寫漢字，都是日本生活中有教養的行為吧！相形之下，我身邊的那些台灣男生粗魯得多，而我還是做個連筷子都拿不好

的粗魯女生比較自在。

　　台語中的「筷子」一直還保留著古語，稱「箸」（或「筯」）。這名詞《史記》裡已載，說「紂為象箸而箕子唏」，商紂王窮奢極慾，用象牙做筷子，令他叔父箕子感到恐慌不安；「張良借箸」則是張良在席上拿起筷子為劉邦解說天下形勢，被引伸為籌畫之意。可漢語中的「箸」為什麼變成了「筷子」呢？據說是在明代的時候，南方船家忌諱說「箸」，船怕停「住」，也怕被「蛀」，不但不說箸，還要反過來說「快」。《紅樓夢》裡，劉佬佬進大觀園，大夥簇擁著到探春的秋爽齋用飯，備飯的鳳姐「手裡拿著西洋布巾，裹著一把烏木三鑲銀箸」，後來為逗劉佬佬吃鴿子蛋，鳳姐故意「單拿了一雙老年四楞象牙鑲金的筷子與劉姥姥」，可知那時還是箸、筷二詞混用的。「烏木三鑲銀箸」是說以烏木製成，用銀鑲成三截的筷子。至於「四楞」，則是指筷子首方足圓，這種筷子放桌上不會滾動，適合設宴待客；但是下方是圓的，又是象牙材質，要是像我一樣筷子拿不好的，就別想吃鴿子蛋了。

　　船上用語忌諱多，我父親是海軍，小時候我們還保持著吃魚不翻面的習慣，一面吃完了，直接把刺挑掉，魚翻面象徵著翻船。儘管父親已退伍轉文職，但我們住的海軍眷村，許多鄰居「跑船」為業，長年在海上生活。記憶裡，好幾次半夜村子傳來悽屬的哭號，第二天便聽說某條商船在某某海域失事，某家的孩子，一夜之間沒了爸

爸。遠方的船難，是我童年時對死亡最近距的感受。便也深深理解，船家人為什麼要做筷人筷語了。

作者簡介

　　宇文正，本名鄭瑜雯，福建林森人，東海大學中文系畢業、美國南加大東亞所碩士，現任聯合報副刊組主任。著有短篇小說集《貓的年代》、《台北下雪了》、《幽室裡的愛情》、《台北卡農》、《微鹽年代・微糖年代》；散文集《這是誰家的孩子》、《顛倒夢想》、《我將如何記憶你》、《丁香一樣的顏色》、《那些人住在我心中》、《庖廚食光》、《負劍的少年》、《文字手藝人：一位副刊主編的知見苦樂》；長篇小說《在月光下飛翔》；傳記《永遠的童話──琦君傳》及童書等多種。作品入選《台灣文學30年菁英選：散文30家》、《庖廚食光》獲選「2014年開卷美好生活書」。

導讀

　　宇文正的〈筷子〉以書寫日常生活中的「微物」（筷子）出發，親切細膩地描寫作者或者大多數人使用筷子的共同經驗，以及常民生活中種種關於使用筷子的傳說與禁忌；透過這些代代相傳的經驗教訓，作者把母親對自己的關愛與擔憂、友朋間的情誼、以及中國古代歷史中，關於筷子（箸／筯）的語音語義的流變、文學作品中關於筷子的典故，最後結束在討海人家對於使用筷子的禁忌故事，豐富而立體、具體而微地呈現台灣社會中，一則關於筷子的物質文明史。

神戲

吳鈞堯

　　一個深夜，兒子忽然悶悶哭泣。我開燈，湊近，問他怎麼了。他神色木然，眼睛瞪得大大的，我在他面前，他卻沒看見。我又問了幾次。有個東西，隨著我的叫喚回到他體內，他確認了我，我們再回到人世，當了父子。他委屈地哭了出來，神情慌張，身體顫抖。他說，別再問，祂會聽見。窗簾、衣櫃、風扇、衣物，祂、祂在這裡嗎？兒子不再回應我，神秘舉起食指，劃嘴唇，噓一聲。

　　我怒目，朝擺飾、朝空氣，朝一種神秘。我幾乎感覺到祂的存在，汗毛直豎。成語有「疑神疑鬼」這個詞，當祂跟生活貼近了，才警覺這個詞，需拆做「疑神」跟「疑鬼」。來的是神、還是鬼？我壯起膽色，在心裡大叱，走，請你走！

　　走的，是我跟妻子的睡眠，兒子斷續驚醒，有二、三天一次，有一夜二次、三次。

　　那段期間，我沉眠久矣的夢再次甦醒，我懷疑衣櫃無端發出的聲響是惡鬼打鬧著；群鬼跑過，天花板急促嘎響。我小時候做過一個夢：鬼要抓我，祂伸手搆我，我

退、再退，但水溝，卻是淺之又淺。鬼沒抓到我，猶如神，沒在那個時候發聖光，拯救。我在這個時候，卻需爬出陰暗水溝，鼓舞兒子別怕。我警覺到，我只是九歲，跟兒子一樣大。對這世界的神秘種種，一樣無能、惶恐。

期間，岳母曾來作客。有一個晚上，情節這麼演出：兒子哎呀一聲，我馬上警醒，開燈，還沒來得及出口問他，卻見兒子翻滾下床，進浴室，撒尿。岳母跟妻子也都醒轉，一起圍繞浴室門口。岳母想出聲，但被我制止，兒子尿完左轉，伸左手、豎拇指，宛如握著漱口杯，右手橫擺，握拳，再張口。我小聲說，他正在刷牙、漱口呢。我們忍俊不住，又擔憂。他的手跟口都是空的，卻振振作聲，吐水聲不斷。

兒子睡熟以後，岳母喃喃問著，哪ㄟ安呢？有帶去收驚抹？我們搖頭。岳母說，睡不下了，隨意轉電視。頻道不眠，彷彿知道，這城市總有人睡不著。索性邊看電視邊說話，終因話題熱絡，得以暫時驅離鬼、神。

十幾年來，岳母家總有話題聊不完。最初，擔心小舅子沒法勝任警務，再是婚姻大事，還有她跟岳父的嫌隙。我們已在許多個夜晚表達一樣的焦慮，像一齣戲，演千百回，大家都倦了，只是幕一掀開，我就會看到岳母蹙眉頭、咧開嘴，像是要觀眾猜她將哭、將笑？岳父卻做惱怒狀，臉上的漠然從青春期一直遺留到現在，添了風霜後，便做了塔的模樣；一座孤塔，看不見繩索跟樓梯。小舅子像個沒事人，在舞台中間；再旁邊，是妻滿臉愁

容，是小姨子緊抱胸口，一會兒柔聲款款、一會兒聲嘶力竭。

岳母昨晚的話，再印證之前我跟妻說的，岳母說，他——你的小舅子，硬是要搬走舊縫紉機啊，你爸爸也沒辦法。前幾天，本力勸小舅子整理新宅，好籌備婚姻大事，東西沒移走，反而添了一台縫紉機。我跟妻苦笑。沒去過小舅子晉江街新宅，聽妻說，客廳、臥房，已擺置書箱上百個。那是書籍堆砌成的迷宮，走啊走，卻像從平面蜿蜒入底，進入礦坑。我總想像，小舅子必須頭戴安全帽，額掛探照燈，才能適時彎腰、閃身，到達他的底穴；一個幽閉的巢穴，可以埋葬警務、塵事跟一切的巢穴。那底穴如此深邃，當他打開探照燈，小心翼翼，挈領情人入底觀看時，該會看到由上萬本書籍堆砌的牆上，繪著色彩強烈的構圖。那色澤是青春，是必須要輕輕呵氣，才得以保存的原始品種。這就是我們會聞到的、愛情的氣味。巢穴必須擴充，成為兩個人的，但是，如果你不讓出一點，如何能再站一個人？沒料到再搬進一台縫紉機。所以我跟妻說，一個是在孤塔，一個在底穴，似乎天南地北，卻溝渠暗通。爸跟小舅子，卻是一個性格。

當他們執意時，岳母只能張開嘴，彷彿要觀眾們猜：你說，我要說的是「不」，還是「是」？

岳母是心裡說了「兩分」的「不」，嘴上卻說足「八分」的「是」。二加八，卻不是一個滿數，不是一個十，而是一個隙縫，一種不平靜。不管是似是而非、或似

非而是，我總在岳母身上，看到生命用它哀傷的步伐、默默不出聲地，邁出龐大的基調。像一群人，戴黑帽、披黑袍，穆穆上山。路陡，卻無知、無感，偶一回頭，卻也無能、無願，再回頭。我常想，若能一直悶著頭，就此走到盡頭，也就沒事了。但，生命的深潛，有時候就在偶一回首，就在那一瞬，想像到另一個可能。

岳母前塵再提，興高采烈，臉孔映光，彷彿生命即刻翻轉。但當觀眾十幾年，我已知道演員的極限。話題漸熄，岳母說還睡不著，繼續流轉電視。回房探看兒子，幾分鐘後出來，電視仍閃爍，岳母卻坐著睡著了。有一次，岳母笑說，人老了，想睡無法睡，不該睡卻睡著了。

回房，兒子睡得純熟，額頭圓潤飽滿，卻不知讓他驚慌的神或鬼，可還在施展追逐或默默逼近的情節？兒子是唯一能進出孤塔跟底穴者，兒子跟外公觀賞汽車，陪舅舅樂模型，像跟青春期不一的男孩相處，總有調對的頻道。他們也關心兒子夜裡驚醒的事，頻頻詢問。我跟妻並非不信鬼神，卻是還沒接受兒子被鬼神侵擾，託朋友算出他的命盤，文句裡，記著「命輕，外出容易遇煞」幾個字。「煞」，一個黑抹抹的形、事，忽隱忽現。我跟妻說，爸、媽家路口，有一間神像店，註有「收驚」字樣；還有家附近、理髮店隔壁，也有廟一間。一個假日，我們帶孩子走進廟。廟在三樓，樓梯間，白色牆上壁癌滋生，東一塊、西一堆，黑叢叢的，彷彿我們不是進入

光明殿，雖然越走越高，卻更像墮入深淵。當我們走近門，探頭望了望那來不及看清楚的神祇時，就被一股深褐色的氣壓推了出來。

之後幾天，兒子再又驚醒。這回嚇得凶，驚醒後，尖著腳，跳到客廳、再回到寢室，惶惶惑惑，像在找尋又像躲避。我讓他跪著祈求，他照做，雙手合什，顫抖禮拜。決定讓他跪定前，我看了看客廳、玄關、餐廳等，不知道該讓他跪在哪裡好。家裡沒有供桌、沒有神案；家裡沒有神。一尊佛祖銅像被當作擺飾，擺在時尚置物櫃裡，我心裡想，就這兒吧。

沒有神，或者遺棄神的時代，我們卻遇「煞」了。有時候，人夫、人子，就是我們的神。但我們卻不是自己的神。我在兒子跟岳母身上看到這些。我在兒子再又熟睡的臉蛋、身形，看到他，是怎麼餵飽我們的期待跟想像。我們常說，你長大以後，要蓋一座豪宅，奉養雙親，克盡孝道哪。這樣的說法玩笑居多，但玩笑之外，就是想像跟寄望了。兒子不單是神，還是巨人般的神。

同事都知道小兒半夜驚擾，信奉基督者，提供經文跟十字架，信道或信佛者，建議去收驚。妻來電說，行天宮可以幫人收驚，還從網路載下收驚文。我們決定試試後者。晚上回爸媽家，在一個有神案的地方，讓兒子跪著。我燒三支香，稟報神明原因，口唸「唵嘛呢叭彌吽，清修鎮訶，烈節金剛，左腳踏天輪，右腳踏火輪，手把金劍，受斬妖邪……三魂七魄回本身」咒文，同時曲拗

手、掌，使出練習一個下午的手印，打向兒子背部，再解開手印，右腳往地上大踱一步。

爸、媽一旁看著，都說，敢有效，要去收驚卡好？

三月天，我卻作滿頭汗。正如咒文附註的一樣，一次無效，可多做，效果將漸明顯。不知道是兒子心理作用，還是我們先承認有神，承認自己的無知，且學習卑躬屈膝，終於驅離了煞。

事件過後，我們默契地不再提及。後來，岳母再來，我整理旅遊資料，邀她跟岳父同訪江南，才發現收驚咒文一直壓在櫃子附近。岳母看了下資料，就擱在一旁，她嘆氣說，新店的房子要賣，小舅子遲遲沒有整理。她跟岳父因此吵架。我們反問，不是整理一年多了嗎？岳母說小舅子沒動，也不讓他們碰。再是一片布幔，掀開了來。那婦人，還是張開了嘴，要觀眾猜她將哭、將笑？她要說「是」、還是「不」？

兩個「神」，一在塔上、一在底穴，紛紛指示。

婦人朝東碰壁、朝西挨罵，婦人越說越氣，臉上的光，越是輝煌。而後，終於揮霍掉她最後一丁點自覺，我們再看到光離去之後，舞台上的暗黑；那龐大的、默默的哀傷，是一個深沉的錨，以不能再緩慢的速度，潛落。潛落之後，卻勾著更大的底盤，一座時光大陸就此刷刷地，粗礪地往前拖行。

咚。岳母的頭頓了一下，呼息聲傳開，一起一落。螢幕的閃光打在她臉上，忽明忽暗。我關掉電視，聲音跟光

忽而收束，廳內闃靜而黑，彷彿另一個底穴。

作者簡介

　　吳鈞堯，曾任《幼獅文藝》主編，出生金門，曾獲《中國時報》、《聯合報》等小說獎，梁實秋、教育部等散文獎以及九歌出版社「年度小說獎」、五四文藝獎章、中山大學傑出校友。《火殤世紀》獲2011年台北國際書展小說類十大好書、文化部第三十五屆文學創作金鼎獎。2016出版《孿生》獲國家文化藝術基金會長篇小說獎助。2017出版《100擊》，是作者對散文創作的重新撫觸與嘗試。2018出版《回憶打著大大的糖果結》，書寫三代互動。

導讀

　　小說家吳鈞堯長年擔任文學雜誌守門人，不僅提攜文學後進，自己更是筆耕不輟，小說與散文的寫作都極有成就。〈神戲〉一文收錄於《熱地圖》，描述作者在孩子夜半受到莫名驚擾後，想方設法要為這一遇煞找到解決之道，在尋求的同時，也貫串了親族的關係與孩子無數生命記憶的連結；更重要的是，吳鈞堯在文中展現的民俗誌精神尋索人與神秘世界／經驗的關係，這也是吳鈞堯日後重寫民俗傳說的嘗試，或者這也可以視為台灣近年來妖怪誌書寫的系譜濫觴。

投手丘上的歲月

孟樊

　　火車快到新港時，一田田蒼綠的甘蔗直奔過來。一個戴墨鏡著深褐色花襯衫的年輕人，從行李架取下○○七式黑色小皮箱，看見夕陽下起伏的綠浪，心中不覺一熱。等他走出車站，落日卻已沉入蔗田後面。……年輕人沿著車站前筆直的馬路往前走。郵局門口，兩位老者並坐在石階上，抽著煙……郵局對面是國民小學。操場黃禿禿的，只有近街處長了一排油加里，鬱綠的葉子靜靜垂著。這一段文字寫在林懷民的小說〈辭鄉〉的前頭，也為我打開了記憶中同屬新港國小的那一段往日時光。

　　沿著時光倒流，畫面回溯的鏡頭中的小徑，懷著不同的心情，我左轉方向盤向車站旁的岔路拐進國小。暑假期間操場上長滿長長的綠草，而車站右前方原先斑駁破舊的郵局房舍，若干年前已改建成簇新的大樓，隨著時光流逝，模糊之中操場上頂著大太陽，練球的那些黝黑童稚的臉龐，一一消失在夏日午後的薰風中，難再追憶。

　　一九七○年的春天，也就是我小學四年級的下半年，就讀的新港國小校方擬組棒球隊，種子隊（也就是現

在所稱的二軍）從四年級各班「選秀」。那時我糊裡糊塗地被班導師推出去測試，結果不但入選，而且還被指定為儲訓投手，從此開始我小學時代整整兩年的球隊生涯。

球隊的訓練相當嚴格，而且越到後來越正規化，每早旭日初昇直到夕陽西下，除了學校課程外，被集中在同一班上課的球員，都要進行各式各樣的訓練活動，從體能到打擊，守備、跑壘、滑壘動作⋯⋯無一不是從最基礎的訓練做起。由於六年級組成的一軍表現不理想，提前解散，使得原先二軍的我們這支年紀猶輕的球隊，從甫升為五年級便開始南征北討的參加各種大大小小的比賽，由近而遠，從嘉義縣的朴子、民雄、梅山、鄰近的北港到嘉義（市）、台南、彰化等地，無役不與，記憶所及，比賽成績多半都不理想。

新港國小棒球隊組成之後，七一、七二年間，簡直成了全鄉鄉民的最愛。猶記得每天傍晚時分，球隊淌著汗水操練的時候，就像現在職棒球迷到球場為他們心愛的球隊打氣加油一樣，喜愛棒球的鄉親父老，有的更是全家出動攜老帶幼，一同到國小操場為我們這些小將加油，訓練表現良好的夥伴，有時還會受到他們的獎勵，比如擊出全壘打可賞烤得香噴噴的香腸二條。那二年的時光，我們這支球隊為全鄉鎮帶來一段難以忘懷的歡樂歲月。棒球，幾乎成了新港鄉民唯一的運動，也是唯一的興趣。

父親也是我們球隊的「愛慕者」之一，那段時日只要有空，下工後一定來球場看我和低我一年級在二軍的弟弟

練球，一軍和二軍球隊由不同的教練帶領分開練習，父親多半在我們一軍的球場。有一次，或許是技癢的關係，正好和我練投的捕手溜去方便，在一旁的父親自告奮勇說要代捕手和我練球。我不知道原來父親也可以玩棒球，一開始試了幾下，力道只用了三四成，他的反應很好，我想他接球應該沒問題，可以往下加壓力，這一想，勁道六成的球已出手，球一出手即直覺糟了，話還沒出口，那球已著著實實重擊在父親的右眼上，圓圓的一圈又黑又腫，馬上瞧得出來，旁邊一大群我們父子相識與不識的朋友樂得哈哈大笑：「小子打老子！」，父親卻不以為忤，直喊再來。

四年級的時候，一開始我們打的是準硬式棒球，球沒硬式球那麼堅硬，當時我是隊上的強投兼強棒，棒次一直維持在三到五棒間，那是打擊手驕傲與光榮的象徵。直到五年級成為正式的一軍球隊後，改打硬式球，然而，這一改也改掉了我往日在打擊位置上的雄風，英雄成了狗熊，強棒變成弱棒。自此之後，不知怎麼搞的，我的打擊姿勢走了樣，所謂「走樣」就是說，當投手球出手直射過來時，在揮棒前我的腳會不自覺地自動往後縮，這樣球當然打不好，不是被三振就是接殺，更不可能有以往全壘打的機會了，以後若球賽出場主投，棒次鐵定是第八棒，天啊，「第八棒」，那無異就是恥辱的代名詞。以後直到我離開球隊，我（和其它投手）都是不動如山的第八棒。

二十多年後的今天，有次聽友人袁定文兄分析目前職

棒龍獅虎象鷹熊六支球隊的實力時，才恍然大悟當初癥結之所在。好的教練應該同時是一位好的心理分析師，以職棒的球員而言，基本上他們的技術都是一流的，六支球隊彼此間的實力也沒差很多，球員或球隊（像現在的龍隊和熊隊）表現不好，有一大半是其心理因素使然，如果球員抱著逢打必輸的心理，熊隊怎麼不會十一連敗？心理的建設就很重要，但是國內球隊教練往往不在這方面下功夫；教練對球員心理的輔導往往比矯正其技術還來得重要。少年的我當日就是吃了這種虧。我的打擊姿勢之所以走樣，其實是心理害怕被球砸到，因為硬式球不像準硬式球那樣，一砸到會讓人痛苦不堪。當初如果我的教練能適時為我這種「怕球」的心理下點功夫琢磨，球隊不僅不會少掉一支強棒，還會加強整體的攻擊力呢！

在投手丘上的表現，七一年嘉義地區的民防杯比賽可說是我的代表作。那一年我們以五年級組成的球隊報名參賽，記得交過手的有三隊：朴子、梅山和大同，梅山和我們實力在伯仲之間，其他兩支都屬嘉義地區的強隊，不好惹，只能抱著少輸為贏的心理應戰，何況我們才是五年級組成的球隊。首戰，對大同是輸了（比數好像是五比三吧？），但這場比賽卻打得可圈可點，雙方有來有往，一壘手林文堂在強投手中轟出了全壘打，三壘手盧文哲撲身救了好幾次險球，後來得了大會的美技獎。朴子、梅山兩戰皆贏。與梅山一役，我掛帥主投，由於對壘梅山的打擊手吃不了我的慢速下墜球，包括第一棒的捕手江泰權也

遭逢三振的命運，那一役也創下三振對方次數最多的紀錄，好不威風。自此以後我成了梅山隊的剋星。

好景不常。後來遠征彰化電工杯一役，首戰由我先發。對手是北部的強隊（忘了名字），人高馬大，一開始我就控球不穩，或者是主審的好球帶抓得太緊的關係，投不出好球，接連保送了五位打者，奉送對方二分，其間教練雖曾喊了一次暫停拍肩打氣，最後還是被迫換下場休息。在上千名觀眾眾目睽睽之下這樣子離場，情何以堪，在選手休息區上不自覺地便哭了起來，沒有人來安慰。我知道，對那些遠從新港來加油助陣的鄉親父老這次大大傷了他們的心。那場比賽結果可想而知，不僅輸了，而且是兵敗如山倒。

彰化一役後，我一度對控球失去信心，除了最後在嘉義地區選拔賽初賽和梅山再度對壘時先發，多半不是擔任救援的任務，便是坐冷板凳。梅山隊那一戰又成手下敗將，但那一役我並沒有完投，四局下改守二壘位置。由於我被保送、盜壘，加上隊友適時的一支安打建功，為球隊攻下致勝的一分。我還是梅山的「剋星」。選拔賽決賽前，新港和梅山竟組聯隊，所謂聯隊就是從梅山調了三位好手來補強：投手、捕手及該隊四棒強打各一位。江泰權就是這位梅山隊被補進來的捕手，他的安打率高，比賽時還是讓他維持母隊開路先鋒的第一棒。決賽前一個月，我主動要求離開球隊，那是一個痛苦的決定，卻有解脫的感覺。兩年多來所過的像軍隊紀律般的生活，至此還我自

由。

　　那一年嘉義地區的冠軍代表隊是嘉義市垂楊隊，一般看好它有全國奪魁的機會。新港隊只拿到殿軍，組成冠軍聯隊時選上一名中堅手何聰烈。新港的鄉親父老自然不勝唏噓。問鼎機會最濃的垂楊，最後冠亞軍爭奪戰時，大意失荊州，竟然敗給了一向不被看好的北市代表隊。一九七二年北市隊代表我國遠征美國威廉波特後，終於奪回嘉義七虎失去的世界冠軍杯；也一掃棒壇長期以來「南強北弱」的說法。

　　眼前國小操場上有幾位孩童在嬉戲追逐，依稀髣髴間那四個壘包的位置，已長滿了一叢叢的綠草，蒼穹白雲在飄，南風徐徐從木麻黃的枝椏間吹拂，煥然一新的校舍旁，已不見滿樹艷紅的鳳凰木，眼前那位瘦骨嶙峋但肌肉結實的小男孩，正從跑道那邊向我奔來……。

　　我不敢回顧，匆忙之間走出後門，發動引擎，方向盤轉向路的另一頭。

（1994）

作者簡介

　　孟樊，名陳俊榮。國立台灣大學法學博士。曾獲中國文藝獎章。現為國立台北教育大學語文與創作學系教授。曾長期於傳播界任職，擔任報社副刊編輯、主筆，雜誌社主編與出版社總編輯，並於國內外各大報刊開設專欄長達十數年。後於中國文化大學、輔仁大學、東吳大學、

南華大學等校兼課，曾任佛光大學文學系暨台北教育大學語文與創作學系系主任、香港浸會大學中文系訪問教授。出版有《我的音樂盒》、《旅遊寫真》、《戲擬詩》、《當代台灣新詩理論》、《台灣後現代詩的理論與實際》、《文學史如何可能——台灣新文學史論》、《台灣中生代詩人論》……，包括詩集、散文集、文化評論、文學評論、學術論著與翻譯著作，凡三十餘冊。詩作收入兩岸各類詩選集，並入選九歌版《評論20家》、《評論30家》。

導讀

　　說這是一篇運動文學，其實它更像成長文學。但文學的主題歸類其實是學術工作者的事，作為讀者，我們在乎的是故事為我們帶來了那些啟示？〈投手丘上的歲月〉，是作者描述其成長歲月裡一項重大事件的自我檢視與慨嘆。當初那個表現越來越走樣的自己，教練如果換一種方式指導我？今天又會是如何？我該不會是被教練耽誤的棒球國手吧？一大堆問號只能自問自答，將自己經驗以文字向他人交流，期待閱讀後能有所啟發，這就是了，文學帶給讀者重要的發現和啟示。

五十歲的公主

廖玉蕙

　　為了我的五十歲生日，母親早早準備了鑽戒。我錙銖必較，以虛歲不算、新曆不準及尚未年滿等理由，搏命推辭。人入中年，心情的慘淡難以形容。彷彿過了半百，日子就再也難以回頭。而可笑的是，難以回頭的事實，又何需等到五十才知！

　　生日那天早起，想到五十年間的循規蹈矩，忽然升起一股嫌惡的感覺。從今爾後，我不要知天命，要隨心所欲，才不管它踰不踰矩！而該如何隨心所欲？五十年來，受到「公民與道德」的制約，我跌跌撞撞、摸索著做女兒、當學生，接著任妻子、母親、老師，早早學會「識相」，看別人臉色過活。先是看父母的臉色，接著是工作單位的長官和同事，成天研究人際關係；成了家，兢兢業業揣摩和丈夫、子女和平相處之道！更過分的是，當了老師，還得學習和學生同步成長。我委曲求全，偏偏忘了做自己。於是，我決定除了殺人、放火之外，絕不再壓抑！我要為所欲為！像電影裡的公主。

　　以前，為了給人留下好印象，出門時，我總像刷牆壁

般，在乾淨的臉上塗抹五顏六色。既然要隨心所欲，索性自回歸本然起。我素淨（毋寧說「枯黃」比較適當）著一張臉上街。正洋洋得意，偏偏在街角遇上了三十多年前我所熱烈愛

慕著的老師。眞是鬼使神差！幾十年來，我打扮得容光煥發、花枝招展地在和他相距不到一千公尺之遙的城市施展魅力，竟在這麼個邋遢的狀況下和伊人相逢。當他遠遠叫出我的姓名時，我簡直痛不欲生！

我倉促奔回家裡，閉門思過。經過短暫懊惱後，決定再接再厲。不顧多年來兩杯咖啡的自我約束，我一口氣倒進了五杯黑呼呼的藍山後，無端地打定主意傾洩埋藏在心裡許久的不滿！我開始勇敢地在電話中涕泗縱橫地哭訴母親一向的重男輕女給我的人格上所造成的陰影！母親無言地掛下電話。奇怪的是，我不但沒有感受到預料中的痛快，反倒有一種闖了禍的惶恐！其後的幾天，我花了不只十倍的時間和諂媚的話來彌補這一時的失控！腰之軟、嘴之甜，前所未有，眞是早知今日，何必當初！

不過，既然決定豁出去了！只好一以貫之。我打定主意，以充分滿足口腹之欲爲職志。尋到一家素以豬腳聞名的餐廳，再不管別人對我日益發福身材的譏刺，決定好好啃它幾支久違的肥碩豬腳。想到那油滋滋的肥肉，我在投奔途中先就掉了一地的口水。沒料到久違肥肉的腸胃，竟在返家後不到十分鐘，水瀉「大」通！短短兩小時內，向洗手間報到不下二十回！

那日晚間，我在城東有一場演講。瀉得渾身無力的我，虛弱地又下了一個前所未有的誓願！管它啥演講！也許因為我的缺席，那些晚上猶然孜孜求知的認真朋友，因之有了適當的休息；或者因為主講人不在，彼此無聊的攀談竟擦出了某些愛的火花，未始不是功德一件！然而，儘管如此自我安慰，在最後一刻，不堪良心譴責的我，終於還是驅車飛奔前去！而因為速度的關係，我和交通警察意外有了個不太浪漫的邂逅──我被頒贈了平生第一張超速罰單。

一連出了這麼些狀況，我開始不敢掉以輕心！五十歲生日！何等莊嚴肅穆的日子！應該有一個類似「公主與王子終於過著快快樂樂的日子！」的結局才像話！於是，撒嬌兼威脅地，我強迫家裡那位無趣的王子帶我去高級飯店過一個快樂的晚上！王子無奈，只好換上西裝領帶，我則穿上華服、掛上高貴驕傲的笑容，像公主一樣，和他一起住進五星級飯店！

當我進入房間，研究了住宿費用之後，心情頓時跌入谷底！懊惱家裡有好好的床不睡，竟然失算地欣羨人家公主和王子！而那種椎心的痛楚在一位朋友告訴我該飯店再過兩天就有五折的優待活動時達到最高潮！我氣憤地指責外子沒有善盡阻止之言責！無奈的老王子訕訕然反問：

「你不是想嘗試一下當公主的滋味嗎？」

我睜著眼睛，躺在潔白的床單上，徹夜失眠。（至今不能確知是昂貴的住宿收費還是白日的那五杯咖啡所導

致）決定回家再翻出幾本《公民與道德》來複習一下！也許，裡面真的有些就是五十歲也不該被丟棄的東西吧！我猜想。

選自《五十歲的公主》

作者簡介

　　廖玉蕙，東吳大學中國文學博士，曾任台北教育大學語文與創作學系教授，現專事寫作。作品曾獲中國文藝協會文藝獎章、中山文藝創作獎、中興文藝獎章及吳魯芹文學獎等。著有散文集《不信溫柔喚不回》、《嫵媚》、《如果記憶像風》、《像我這樣的老師》、《公主老花眼》、《大食人間煙火》、《汽車冒煙之必要——廖玉蕙搭車尋趣散文選》等三十餘冊，小說集《賭他一生》、《淡藍氣泡》等，繪本書《曾經的美麗》，及訪談錄《走訪捕蝶人》和學術論著《細說桃花扇》、《人生有情淚沾臆》等。作品被選入國、高中國文課本及多種選集，深受各級師生喜愛與信賴。

導讀

　　王邦雄教授讚譽：「廖玉蕙的散文總在家常日常間，寫出天大地大來。」廖玉蕙的作品取材自生活，多能展現生活的趣味與幽默，〈五十歲公主〉寫一位走出制約的自由人，任性地在值得紀念的時日裡發生的小小衝突事件，但想要與自己過去訣別的結果卻是重新認真思考：是否回到原本的舒適圈？原來，自由代價何其高昂，生活對作者著實開了極大玩笑。

番薯

焦桐

　　銀行曾饋贈一張新貴通卡，我有時出國走進機場貴賓室，只為了吃一條烤番薯，習慣了，多年來不覺有異。最近兩次收到帳單，原來已改成須自付貴賓室費用，我吃的那條烤番薯須付NT$843，兩條烤番薯，支付NT$1686，當然是我吃過最昂貴的番薯了。番薯其實多很廉價。

　　龍泉街賣番薯的老伯坐在小板凳上，守著大圓桶裡的番薯，生意寒流般清冷，他似乎每天都很疲憊，路過時總是見他閉著眼睛在瞌睡，有時想買又不忍心吵醒他。

　　賣番薯能夠營生嗎？利潤應該很微薄。我有時在街頭見婦女賣烤番薯，圓桶推車上有一面紅色旗幟：「木炭烤地瓜拉把單親媽」。她們每天推著番薯車遊走市區，賣的品種有點碩大，甜度稍顯不足，希望創世基金會能批好一點的貨，供應她們；我還是會刻意尋找單親媽媽的身影買番薯。

　　我從小愛吃番薯，愛它甜蜜，潤澤，輕易就予人愉悅，飽足。清道光年間，隨宦來臺的徐宗勉歌詠番薯：「交錯禾麻皆嗉嗉，栽培根柢乃綿綿。剝菹絕勝烹瓠

葉，應補農書第一篇」。詩作得不好，卻對番薯十分贊歎。另一首稍佳：「何堪薪桂米如珠，蹇齪還留菜色無。籌滿爭如收黍稷，藤抽果爾敏蒲廬。翻匙雪共虀成粉，切玉香同筍入廚」。清代臺灣詩人黃化鯉歌詠：「味比青門食更甘，滿園紅種及時探。世間多少奇珍果，無補饔飧也自慚。」顯見番薯在清代已普遍受歡迎。艋舺老街「貴陽街」，舊名「番薯市街」，因早年漢人上岸後，常在此和平埔族人交易番薯。連橫《臺灣通史・農業志》有一段記載，大致敘述了臺灣的番薯品種和食用習慣：

番藷：一名地瓜，種出呂宋。明萬曆中，閩人得之，始入漳、泉。瘠土沙地，皆可以種。取蔓植之，數月即生。實在土中，大小纍纍。巨者重可斤餘。生熟可食。臺人藉以為糧，可以淘粉，可釀酒。其蔓可以飼豚。長年不絕，夏秋最盛。大出之時，掇為細條，曝日極乾，以供日食。澎湖乏糧，依此為生。多自安、鳳二邑配往。藷有數種：曰鸚哥，皮赤肉黃，為第一；曰烏葉，皮肉俱白；曰青藤尾，曰雞膏，最劣。又有煮糖以作茶點，風味尤佳。

一般咸信，這種塊莖植物原產於中南美，哥倫布帶它回歐洲，明末時期葡萄牙、西班牙水手再將它傳入中

國；祕魯中部西岸地區的居民，可能是最早吃番薯的族群。番薯的別稱很多：地瓜、紅薯、甘藷、山芋、香芋、番芋、金薯、白薯、朱薯、甜薯、紅苕、線苕、番葛等等，現在全世界已廣泛栽種。

臺灣島嶼形似番薯，全年皆產番薯，臺灣人也愛以番薯自喻，帶著幾分自豪和認命。番薯是舶來品，卻在臺灣落地生根，成為臺灣符碼。康原的閩南語詩〈番薯園的日頭光〉寫日本殖民政府奴隸臺灣人，也是以番薯為喻：「日本人　毋準番薯園／見著　日頭光／番薯注定過著奴隸的日子？」吳晟〈蕃藷地圖〉第一段：「阿爸從阿公粗糙的手中／就如阿公從阿祖／默默接下堅硬的鋤頭／鋤呀鋤！千鋤萬鋤／鋤上這一張蕃藷地圖／深厚的泥土中」，番薯在全詩清楚指涉臺灣，臺灣的悲苦和榮耀，傳承和血緣，一詠三嘆地讚頌番薯人。

芋仔、番薯，分別是1945年後來臺的外省人和福佬臺灣人的隱喻，人類學家張光直出生於北京，15歲時返回臺灣，他在回憶錄《蕃薯人的故事》中自承是「芋仔」，也是「蕃薯人」。臺灣番薯多為黃肉種及紅肉種，林清玄〈紅心番薯〉敘述農夫父親和番薯的感情：

　　父親到南洋打了幾年仗，在叢林之中，時常從睡夢中把他喚醒，時常讓他在思鄉時候落淚的，不是別的珍寶，只是普普通通的紅心番薯。它烤炙過的香味，穿過數年的烽火，在萬金家書也不能抵達

的南洋，溫暖了一位年輕戰士的心，並呼喚他平安的回到家鄉。他有時想到番薯的香味，一張像極番薯形狀的臺灣地圖就清楚的浮現，思緒接著往南方移動，再來的圖像便是溫暖的家園，還有寬廣無邊結滿黃金稻穗的大平原……

戰後返回家鄉，父親的第一件事便是在家前家後種滿了番薯，日後遂成為我們家的傳統。家前種的是白瓢番薯，粗大壯實，可以長到十斤以上一個；屋後一小片園地是紅心番薯，一串一串的果實，細小而甜美。白瓢番薯是為了預防戰爭逃難而準備的，紅心番薯則是父親南洋夢裏的鄉思。

在貧困的年代，番薯常用來代替稻米，清道光年間來臺任知縣的徐必觀〈地瓜籤〉：「沿村霍霍聽刀聲，腕底銀絲細切成。范甑海苔同一飽，秋風底事憶蓴羹。」范甑即飯甑，古代蒸飯的木質炊具。清道光臺南人施士升〈地瓜行〉敘述臺灣地瓜血源：

> 葡萄綠乳西土貢，荔支丹實南州來。
> 此瓜傳聞出呂宋，地不愛寶呈奇材。
> 有明末年通舶使，桶底緘籘什襲至。
> 植溉初驚外域珍，蔓延反作中邦利。
> 白花朱實盈郊園，田夫只解薯稱番。
> 豈知糇糧資甲貨，唪唪可比蹲鴟蹲。

海隅蒼生艱稼穡，惟土愛物補硗瘠。
不得更考范氏書，豐年穰穰滿阡陌。

施士升生平不太可考，僅知他是道光年間生員。另一臺南人施瓊芳（1815-1868）有一首〈地瓜〉詩，讀來十分可疑，幾乎全抄襲自施士升的作品：

葡萄綠乳西土貢，離支丹實南州來。
此瓜傳聞出呂宋，地不愛寶呈奇材。
萬曆年中通舶使，桶底緘籤什襲至。
植溉初驚外域珍，蔓延反作中邦利。
碧葉朱卵盈郊園，田夫只解薯稱番。
豈知糗糧資甲貨，汶山可廢蹲鴟蹲。
聖朝務本重耕籍，地生尤物補硗瘠。
不須更考王禎書，對此豐年慶三白。

太平洋戰爭期間，物資匱乏，番薯是臺灣人的重要糧食。直到一九四、五〇年代，貧窮人家休想奢望吃到不加番薯籤的純粹白米飯；番薯才是主食，白米只是點綴，臺灣的帽子大王戴勝通就說，他小時候最大的夢想是吃一碗香噴噴的白米飯。

番薯總是價賤，閩南語俗諺：「時到時擔當，無米再來煮番薯湯」，可見番薯是迫不得已時的糧食。客家俗諺：「嫁妹莫嫁竹頭背，毋係番藷就係豬菜」，說什麼也

不願女兒嫁到深山，過貧苦生活，肩上總是背負著番薯和番薯葉。番薯葉曾經是豬菜，如今是很時尚的健康美食。聽說番薯皮含豐富的多醣類物質，能降低血液中的膽固醇、保持血管彈性，預防血管硬化及高血壓等心血管疾病。連皮一起吃更營養。

大凡蔬果以握在手中具沉甸感為佳，選購番薯亦然，當然要挑形體完整、無發芽、無黑斑、無蟲蛀者，最好表皮平滑。未烹熟前勿放進冰箱，以免變乾硬走味。

對臺灣人來講，番薯具草根性，帶著文化認同的情感；且象徵堅忍，耐旱又轉喻為旺盛的生命力，撲地傳生，枝葉極盛。明‧何鏡山〈番薯頌〉：

> 不需天澤，不冀人工，能守困者也；不爭肥壤，能守讓者也；無根而生，久不枯萎，能守氣者也；佐五穀，能助仁者也；可以粉，可以酒，可祭可賓，能助禮者也；莖葉皆無可棄，其值甚輕，其飽易充，能助儉者也；耄耋食之，不患哽噎，能養老者也；童稚食之，止其啼，能慈幼者也；行道鬻乞之人食之，能平等者也；下至雞犬，能及物者也；其於士君子也，以代匱焉，所以固其廉；以廣施焉，所以行其惠，蓋諸德備焉。

隨遇而安，生命力頑強，瘠土砂礫之地都可以生存。林清玄〈紅心番薯〉：「我在澎湖人跡已經遷徙的無

人島上，看到人所耕種的植物都被野草吞滅了，只有遍生的番薯還和野草爭著方寸，在無情的海風烈日下開出一片淡紅的晨曦顏色的花，而且在最深的土裏，各自緊緊握著拳頭。那時我知道在人所種植的作物之中，番薯是最強悍的。」乾燥令澱粉沈積，在沙質土壤長大的番薯都比較甜。

烹調番薯的手段無窮，可煮飯、熬粥當主食，亦可融入點心創作，如蜜番薯、地瓜球；自然也能變化出各種菜餚，其葉亦可煮可炒。我尤愛烤製，烤番薯最高級的形式委實是焢土窯。二期稻作收割後，天氣轉寒，或在番薯田間，就地挖取番薯來烤。

童年的焢窯經驗深烙在記憶裡，那是生命中最早的野炊，和建築工程。大人挑選一些乾土塊堆土窯，先用兩塊紅磚固定為爐口，底下是較大的土塊以穩定地基，往上擇用越小的土塊，往上逐漸內縮，緊密堆成底寬上窄的土塔。我們小孩負責去撿枯稻桿、樹枝作柴火；燒窯，火越燒越旺，燒到那些土塊變褐變黑，就是破窯時：在窯頂開一個洞，放入地瓜和其它食材，搗垮土窯，用燒燙的土塊掩埋所有的食材，上面再覆上一層土，填滿間隙，夯實，避免熱氣散失，令食物在裡面慢慢燜熟。

開窯時像煙火慶典，圍繞著期待、興奮的眼神，挖寶般小心鏟開土塊，不時冒出一縷縷白煙，番薯香逐漸濃厚地升上來，立刻奪去了所有人的呼吸。剛出窯的地瓜非常燙，得一直左手換到右手，右手再換到左手，又迫不及待

想吃，剝皮，吹氣，張嘴，恨不能掏出舌頭來搧涼。

　　焢土窯不僅可以燜烤地瓜，芋頭、花生、玉米、茭白筍、雞、魚丟進去烤皆美味。這種野炊不需任何器皿，充滿了趣味和魅力。火灰、餘燼煨焙的食物，有其它烹飪手段所無的煙火氣，特別帶著人間況味；寒天裡，在休耕的田間燒土窯，那怕只有一個下午，也能溫暖一生的記憶。

作者簡介

> 　　焦桐，1956年生於高雄市，曾習戲劇，編、導過舞臺劇於臺北公演，目前任教於中央大學中文系；已出版著作包括詩集《焦桐詩集：1980～1993》、《完全壯陽食譜》、《青春標本》，散文《在世界邊緣》、《暴食江湖》、《臺灣味道》、《臺灣肚皮》、《臺灣舌頭》、《滇味到龍岡》等等三十餘種，編有年度飲食文選、年度詩選、年度小說選、年度散文選及各種主題文選五十餘種。

導讀

　　詩人焦桐在台灣飲食文學的書寫與編選文集、論集等，都有極重要的開創與貢獻，焦桐的飲食文學書寫極為強調其「論述」的精神與力量，這也讓他的作品有了不僅具有散文抒情的詩的性格，更加上了跨領域與非虛構的書寫性格，舉凡詩文典故、歷史方志、文史雜記等等，都是構成其飲食文學的內容。

〈番薯〉一文收錄於《蔬果歲時記》，可以做爲焦桐飲食寫作美學特色的論據；透過對台灣社會來說極爲重要的番薯（地瓜）的書寫，爬梳關於台灣的飲食記憶、族群文化的互動與交融，而焦桐飲食書寫最讓人回味無窮的，是他充滿詩人感性的觀察，與幽默的靈光視野。

吵了上百年的文言白話之爭，還要吵？

　　為了課綱中文言白話比例問題，一個老議題又被吵開，而且還大帽子滿天飛。一位詩人說，文言文是中華文化的載體，如果把它拋掉不用，我們就會變成沒有記憶的民族！又說「在大陸復興中華文化之際，台灣卻自甘墮落」。一位前總統說，台灣在國際社會要做「中華文化的領航者」，古文與詩詞就是最寶貴的資產；一位中研院士說「不該把中國的問題無限上綱到意識形態」；一篇由「鴻學碩儒」發起的連署指控另一方「引發各種對立，甚至族群衝突的議題」……。

　　看了這些義正辭嚴的說詞，我彷彿聽到百年前魯迅的吶喊：救救孩子！原來他們還在發育的肩膀，竟要承受著這不可承受的重擔！一個見仁見智的語文教育議題，竟然可以扯到文化領航、意識形態、民族驕傲、族群衝突，乃至統獨、去中國化、民族記憶，等等。這不是無限上綱什麼叫無限上綱？

　　稍具常識的人都知道，文言白話之爭百年前就轟轟

烈烈出現過，當時參與者是胡適、陳獨秀、魯迅、劉師培、章士釗這一級的人物，其陣地則是《新青年》、《每週評論》、《新潮》、《國故》、《學衡》、《甲寅》這一級的刊物。那是一場有著深遠思想史意義的文化運動。在那之後，白話文是主流，但文言文雖敗卻未亡。

最不可思議的是，這次爭議竟然跑出統獨、去中國化的指責。難道說百年前那場同樣主題的爭辯也有統獨、去中國化、族群對立的問題？了解問題脈絡的人都可以看出，這是維護原有立場觀點的一方，面對變革要求時一種廉價的指控，切合當前政治話語氛圍的指控。

問題的癥結應該是語文教育的目的是什麼？在20世紀前半的語文教育改革中，有一位實幹家葉聖陶，編了許多中小學語文教材，80年後居然被對岸出版業重印且大受好評。他堅持，語文教育的本位是學生。他批評，學生不需要讀那些力所不及或沒有閒工夫去讀的文章。但偏有人要給學生配一服十全大補劑，這能不能養成閱讀能力是問題，即使能養成用處也不多，因為學生中除了少數，離開學校就永遠不再接觸這類文章了。他編的初中教材，文言只佔4成，而當時黨國經營的書局發行的課本幾乎全是文言。他反駁大比重讀文言的主張說，那些決定國文教學大計的校長同專家是想使青年拋開現實生活，而去想古人的思想。這話有沒有道理可以討論，但不就像今天說的嗎？

這背後其實有一個根本的問題，什麼人決定學子該學什麼？科舉時代無論矣，廢科舉前2年，張之洞等人制定《學務綱要》，為新學制之始，其中規定「學堂宜注重讀經以存聖教」，「不得廢棄中國文辭，以便讀古來經典」。國家支配教化之意昭然，自此至今，兩岸有司志同道合，大抵不脫此義。文言文不是不可讀，問題是「教化」心態。「讀經」之議在兩岸都蠢蠢欲動，可思過半矣！

　　建立在堅實公民社會基礎上的民主自由國家，國家教化的角色應受局限，日本家永三郎長達32年的「教科書審判」就彰明此義。今天討論課綱、教科書審定等，應從此義來斟酌。與其寄望國家以教化之姿來核定該讀什麼，爭論雙方不如學7、80年前那些民間自編教材的實幹家，把理念落實在具體的教材、讀本的編輯，讓時間來選擇，什麼會留下來。

作者簡介

　　杭之，本名陳忠信，台灣彰化人。在台中東海大學學習數學，後自修人文、社會學術方面之知識。1978年8月出任民主運動刊物《美麗島雜誌》主編職務，同年12月「高雄事件」後被投獄四年。1983年底出獄，以自由作家身分從事社會、文化、政治評論寫作。1988年初，與十餘位青年社會研究工作者創辦民間學術刊物《台灣社會研究季刊》，任首任總編輯。同年，報禁解除，《自立早報》創刊，受邀擔

任主筆，寫作社論八年。著有《一葦集》、《邁向後美麗島的民間社會》、《國家政策與批判的公共論述》等書。

導讀

··

　　很多人經常忽略散文中議論的區塊。一針見血的議論文字，有時比喃喃自語所謂的文藝腔更加耐人尋味。此種型態的散文文字，主題可包括政治、社會、哲學及文化批評。杭之的創作類型以論述為主，工整嚴謹，筆力勇健，具備當代知識份子的器識與良心。〈吵了上百年的文言白話之爭，還要吵？〉針對課綱中文言白話比例問題，提出建言，點題論證清晰，並舉證說明「國家教化的角色應受局限」的關鍵問題，值得有識者共同省思之。

國家圖書館出版品預行編目資料

當代散文選讀／陳謙，向鴻全編選. -- 初版.
-- 臺北市：五南，2019.09
面；　公分
ISBN 978-957--763-573-0（平裝）

863.55   108012734

1XGB 現代文學系列

當代散文選讀

編　　著 ― 陳謙、向鴻全

發 行 人 ― 楊榮川

總 經 理 ― 楊士清

總 編 輯 ― 楊秀麗

副總編輯 ― 黃惠娟

責任編輯 ― 高雅婷

校　　對 ― 賴茵琦

封面設計 ― 王麗娟

出 版 者 ― 五南圖書出版股份有限公司

地　　址：106台北市大安區和平東路二段339號4樓

電　　話：(02)2705-5066　　傳　　真：(02)2706-6100

網　　址：http://www.wunan.com.tw

電子郵件：wunan@wunan.com.tw

劃撥帳號：01068953

戶　　名：五南圖書出版股份有限公司

法律顧問　林勝安律師事務所　林勝安律師

出版日期　2019年9月初版一刷

定　　價　新臺幣240元

※版權所有‧欲利用本書內容，必須徵求本公司同意※